作者简介

王柯平（1955年—）：

字长安，号柳下闲人，曾用名王冀秦，

生于秦皇岛市，籍贯陕西长安（西安），现居北京东城；

文学博士，主要从事美学与古代哲学研究；

先后就读或研修于：

北京第二外国语学院英语系、澳大利亚堪培拉大学人文学院、

日本国际交流署（JICA）中心、北京语言大学法语系、瑞士洛桑大学哲学系、

加拿大多伦多大学东亚学系与圣麦克学院古典学系、北京师范大学文学院；

先后担任过：

北京第二外国语学院跨文化研究院教授兼院长，

英国牛津大学圣安妮学院与中国学术研究院访问研究员，

中国社会科学院哲学所研究员兼美学研究室主任，

中国社会科学院大学哲学系教授兼博士生导师，

希腊雅典大学奥林匹亚文化与哲学中心荣誉成员，

澳大利亚悉尼大学哲学与历史学院访问教授，

法国波尔多政治学院讲座教授，国际普适对话学会（ISUD）副会长，

国际美学协会（IAA）跨国执委，中华美学学会副会长，

中国社会科学院资深学科带头人等；

迄今在国内外学刊杂志发表论文近百篇；

出版的主要中英文著作包括：

《<法礼篇>的道德诗学》，《<理想国>的诗学研究》，

《跨文化美学初探》，《旅游美学论要》，

Harmonism as an Alternative, *Chinese Culture of Intelligence*, *Rediscovery of Sino-Hellenic Ideas*, *Chinese Way of Thinking*, *Reading the Dao: A Thematic Inquiry*等；

出版的主要译著包括：

《牛津西方哲学史》之《古代哲学》，《艺术哲学新论》与《艺术的真谛》等。

杨榆斋诗录

王柯平◎著

陕西新华出版传媒集团
陕 西 人 民 出 版 社

图书在版编目（CIP）数据

杨榆斋诗录 / 王柯平著 . —西安：陕西人民出版社，2018
ISBN 978-7-224-13056-0

Ⅰ . ①杨… Ⅱ . ①王… Ⅲ . ①诗集—中国—当代
Ⅳ . ① I227

中国版本图书馆 CIP 数据核字（2018）第 297473 号

本书得到北京第二外国语学院
博士生导师专项计划资助

杨榆斋诗录

作　　者　王柯平
责任编辑　陶　书
整体设计　杨亚强
出版发行　陕西新华出版传媒集团　陕西人民出版社
（西安北大街 147 号　邮编：710003）
印　　刷　北京虎彩文化传播有限公司
开　　本　889mm × 1194mm　1/32
印　　张　8.25
字　　数　200 千字
版　　次　2019 年 4 月第 1 版
印　　次　2019 年 4 月第 1 次印刷
书　　号　ISBN 978-7-224-13056-0
定　　价　68.00 元

如有印装质量问题，请与本社联系调换。电话：029-87205094

无题

2016年

我们前行

与时俱化

在自然的空间里

俯察万象创生的母体

被人类印迹转形变异

透过心灵之眼

我们凝照外物

且不知将变成什么……

We move on

With the passage of time,

Perceiving the natural space

As a matrix of myriad creations

Transfigured by human traces.

Through the mind's eye each

We contemplate them all,

And wonder what they would become……

自序
PREFACE

吾幼时古籍禁绝，偶得旧版唐诗残卷，如获至宝，日读两页，默诵三首，其中沉奥，不求甚解；然久而久之，喜其风雅华润、神韵宏阔、境界高远，故安放枕边，时常翻阅，奉为人生慰藉、思绪伴侣。

岁月飞逝，瞬逾花甲，然兴味绵延，手不释卷，闲来吟诵，获益良多。窃以为人生之幸，莫过于散淡自在，安享“餐饮一杯酒，日诵两首诗”之乐。

平生性本好游，海外域内探访，观照之际，随兴所至，偶觅拙句，略记感怀，聊表心迹。因早前偏好古风，摒弃格律困累，致使现有为作，声韵规矩几近阙如，纯属自娱自乐而已。

此类游戏之笔，不曾着意保留，结果大多佚失，仅有少许尚存。所集部分杂咏，谨呈方家笑阅。善哉！

王柯平

2018年秋于京东杨榆斋

目录
CONTENTS

一·自娱

二·行吟

三·异域

四 · 奉题

五·悼忆

六·散记

一

THE FIRST PART

自娱

赴京

1975年

弱冠年秋辞长安，
窃笑诗仙酒家眠。
负笈京都寻胜迹，
紫禁城北哀景山。[1]

[1] 景山亦称“万岁山”，位于紫禁城北，登顶可俯瞰紫禁城全景。1644年旧历三月十九日李自成率军攻入京城，明崇祯皇帝朱由检自缢于景山东麓一株古槐之上。此树后名为“罪槐”，现辟为“景山明思宗殉难处”。

归国

1984年

越洋留澳别京城，
卅年归来焕新风；[1]
释卷凝照窗外月，
春草梦觉秋叶声。[2]

[1]1983年年底从堪培拉大学文学院毕业归国，正值改革开放、思想启蒙、学界活跃、举国奋进新阶段。

[2] 此行从一首古诗化来。朱诗原为：“少年易老学难成，一寸光阴不可轻。未觉池塘春草梦，阶前梧叶已秋声。”

抒怀

1995年

四十浮生尘与土，
酒入禅心伴云游；
空返旧林寻诗梦，
幽潭月影两轮秋。[1]

[1] 此处指天上水中各有一轮秋月，亦指本人因酒醉双目散光而幻视水中两轮月影。

思乡

2005年

天命年秋月黄昏，
忽念长安甫店村。
拂取幽州云一朵，
清风送我上昆仑。

别号[1]

2015年

曾记孟公卧松云，[2]
醉酒迷花不事君。
问余六旬何处去，
柳下观棋一闲人。

[1] 余年近花甲，采用“柳下闲人”别号，其缘由如此诗所示，意求散淡超脱而已。

[2] “孟公”指唐代诗人孟浩然。李白赋诗盛赞孟公潇洒与超然之风。其曰：“吾爱孟夫子，风流天下闻。红颜弃轩冕，白首卧松云。醉月频中圣，迷花不事君。高山安可仰，徒此揖清芬。”（《赠孟浩然》）

闲暇[1]

2008年

闲来精舍听古琴，
流水无意伴清音；
风吹樱桃花落去，
夕阳微语送黄昏。

[1] 千禧八年暮春，与夫人同游燕京西山樱桃沟。听琴观景之余，心境平和，超然自在，感触良多，随兴赋诗以记。

山居[1]

2005年

日出澜山照楼台，
风送晓雾漱襟怀。
神交古贤吟旧句，
逸品滇红陶然哉。

[1] 退休后与夫人闲居澜沧江边，门前可观江流，阳台可观雨林澜山，江水清碧如玉带含烟，晨风送爽携雾气花香，时下半日清闲、半日读书，难得闲适怡然如斯，幸甚以记。

秋意[1]

2018年

湖边新楼窗外景，
水天一色帆影动。
闲云无思随风去，
秋林不觉枫叶红。

[1]2018年偕夫人赴加拿大度假，暂居安大略湖畔高层公寓，窗外天蓝水阔、帆影点点，近处岛连林茂、秋色渐浓，观之欣然，偶兴以记。

二

THE SECOND PART

行吟

春游西山

2002年

千禧二年，暖冬阳春，三月花开。随业师童庆炳先生郊游，述途中见闻以记。

清晨早发，
驱车西行。
业师一人，
弟子六名。
赏桃花于芳园，
踏春色于西山。
论曹宅于杏林，
拜任公于墓前。
闻鸟音于孤丘，
鉴古榆于道边。
浮三钱于泉池，
赐康乐于人间。
叹香魂于蜡梅，

思二乔于玉兰。
祈洪福于古刹，
得自在于佛缘。
摄合影于柳下，
寄情怀于云端。
品家肴于酒家，
抚今昔于笑谈……
乘长车返“京师”，
意未尽待来年。

秋游杭州[1]

1981年

其一

闻蝉登南峰，

露草掩曲径。

幽林飞鸟啭，

翠篁卷清风。

其二

钱塘帆影动，

霞染烟波红。

青峰浮云海，

晨雾落峡中。

[1]1981年秋应邀赴杭州参会编写教材期间，游览当地胜迹美景，时有偶感，赋诗以记。

银锭观雪[1]

1990年

其一

银锭桥自横，
西山渺峰影。
飘然白絮飞，
入湖悄无声。

其二

踏痕呈八阵，
生死本一门。
闭目空无雪，
静心化浊尘。

[1] 庚午年（1990）正月初二，风雪飞扬，清晨独步京城后海银锭桥，观景偶感以记。

景山奇遇[1]

1990年

其一

暮览万春亭，

忽闻洞箫声。

欣然惊回首，

凭栏一老翁。

其二

闭目品牧羊，

神情伴忧伤。

飘发吹满江，

雄浑似雷响。

[1] 庚午年初夏，暮游景山，登万春亭，偶遇品箫老者，闻其独奏《苏武牧羊》与《满江红》两曲，感慨良多。从一听众得知，此老者早晚游景山，登五亭，往返选道，概不重复，有感以记。

其三

风雅逾百年，
早晚登景山。
往返踏新径，
概不旧道还。

盛夏雨后

2010年

瑶台玉杯空，
滂雨洗苍穹。
夏风生秋意，
坐忘月下松。

银锭夕照[1]

1990年

波动夕阳风，
旎红入澄明。
秋水无鱼乐，
唯有钓童声。
小女识天趣，
笑指香炉峰。
双手捧落日，
戏言献甜橙。

[1] 此年中秋前，夫人赴南国出差，余携小女琳兮散步后海，于银锭桥观湖景夕阳，随感以记。

访普照寺[1]

1991年

久闻古刹名，
晨来访遗踪。
山雨生雅意，
虬蟠六朝松。
对坐筛月亭，
击石唱大风。
联手十八拍，
无曲不相通。

[1] 辛未年夏日，清晨冒雨与妻访泰山普照寺。筛月亭下，五音石旁，对坐击石有感。

東河古镇客栈

2013年

风摇竹影动，
泉流赋弦声。
闲庭观鱼乐，
明月入池中。
自在心若镜，
念纯禅理通。
瞬刻见千古，
万象化一空。

松辽秋野

2013年

陌头垂柳色，
田间飞白鸽。
夏云携时雨，
潇潇润北国。
新苗绿千里，
江流泛清波。
汽笛一长啸，
天高平野阔。

观澜沧江月

2013年

花树迎风开，

白云出岫来。

澜沧江边月，

光影动亭台。

游船明灯火，

歌舞复徘徊。

凭栏观夜景，

把酒抒诗怀。

燕京春霾随感

2014年

燕山飘浮尘，
京城雾霾深。
风吹杨柳色，
飞花不见春。
时念晴空里，
诗心追流云。
妙管赋新曲，
雅聚赏清韵。

西双版纳春咏

2015年

晨晖染苍翠，
云林破天机。
画境增春色，
江花流万里。
闲居澜沧西，
观物蕴雅意。
日诵两首诗，
散淡有何急。

澜沧江夜观金塔寺

2015年夏

晚风吹南岸，

江景唤凭栏。

星云流光宇，

皓月照沧山。

佛灯集万盏，

金塔映梵天。

三关[1]通灵觉，

四谛[2]悟空缘。

---

[1] “三关”指云门三关，被视为参禅与悟佛的捷径，其一是随波逐流，其二是截断众流，其三是单刀直入。

[2] “四谛”指修佛的法门，代表“苦、集、灭、道”四种真谛。

游京东盘山

1980年

怪石深处流泉鸣，
松涛淹没挂月峰。
方见云绕顶上塔，
转瞬雾遮苍山空。

俯瞰西湖

1981年

朝暾初开透层林，
西子晨妆两腮金。
苏堤长卧横玉带，
三山四碧和风韵。

夜游西湖

1981年

镜湖明月映三影，
柳浪微语送晚风，
轻舟浮摇半壶酒，
笑仿前贤寻诗梦。

游瑶琳洞

1981年

人间果然有此洞，
壶天玉宇胜仙境。
蓬岛武陵融一统，
幻化迷离甲七星。[1]

[1] 笔者当时初入瑶琳洞，见其中景观光怪陆离，自以为胜过桂林七星岩诸洞。

桐君山登楼

1981年

桐君山前三角洲，
清波浊浪交相流。
登楼远眺千帆过，
片片云影画中游。

巢湖归吟

1996年

夏桀南放囚巢州，
月怜孤影锁清秋。
北顾旧都哭无泪，
楚江断开水自流。

扬州个园[1]

1998年

春园新竹扶翠微，
夏池涟漪吻岸洄；
秋枫流丹染苍壁，
冬石雪景听风雷。

[1] 个园虽小，布局奇妙，内砌春、夏、秋、冬四景，象征一年四季时变景迁的特征。

游瘦西湖

1998年

五亭桥上望扬州，
烟花谢后景依旧。
李杜诗韵谱新唱，
玉人吹箫永不休。

香山唳霜亭

2001年

晨起漫步霞标磴，
日出禅坐唳霜亭。
知春草木鸣飞鹊，
何来仙鹤颂秋声？

登京西凤凰岭

2003年

公保寨外听雨声，
上方寺内无钟鸣。
飞来石上塔一座，
石为山顶塔为峰。

黄果树瀑布

2002年

蒙童初识黄果树，
画中银练垂天流。
今朝南游观瀑下，
声震十里涤灵府。

黄果树篝火

2002年

星垂月照篝火边，
赤脚蹈火上刀山。
苗家迎宾舞芦笙，
主客同乐不夜天。

织金洞景

2002年

织金洞开天地分，

灵芝山锁武陵村。

琼树玉立自天成，

寿星捧腹乐儿孙。

安昌古镇

2006年

青山依旧秀水逝，
河流污染绝野溪？
只缘兰亭有书圣，
浙东村镇漂墨池。

含鄱口雨后

2006年

其一

雾漫九江悬飞虹，
云卷庐山万壑松。
借问五老峰前愿，
仰天笑指金芙蓉。

其二

回望幽谷起烟岚，
老君驾临法自然。
神游华土英雄气，
仙人洞里思红颜。

沙坡头咏怀

2008年

滚滚黄沙天尽头，
团团草毡铺绿洲。
大漠长河依旧在，[1]
诗境难消故园愁。

[1] 据说唐代诗人王维为官时到过此处，曾写下“大漠孤烟直，长河落日圆”等名句。见《使至塞上》。

银川暮归

2008年

日落黄河入银川，

月出贺兰照我还。

古寺高风送秋云，

香稻万顷卷波澜。

西夏王陵

2008年

默默王陵遗风存，

萋萋荒草吟秋坟。

昊帝若知身后事，

西夏岂容可汗魂。[1]

[1]忽必烈曾率蒙古军攻打西夏国时身受箭伤，后不治而亡。击败西夏之后，蒙古军纵火烧毁西夏王陵建筑，如今只留下陵墓土垛。

贺兰山谷

2008年

晨登贺兰观岩画，

暗香浮动赏奇花。

未曾拈来掌上嗅，

惊雷挟风荡出峡。

香格里拉雨后

2009年

格桑花开秋妆艳，
纳帕湖水绿如蓝。
流云翻卷风来急，
雨后丹阳绘苍山。

都江堰胜迹

2009年

鱼嘴吞沙分水洲，
都江安澜两清流。
风随龙吟越千里，
月涌天府颂春秋。

青城山偶兴

2009年

远来问道青城山，
天师禅乐汇流泉。
何日悟得乾坤法，
鹤冲九霄弹指间。

乐山见闻

2009年

大江东去三流汇，
佛法西来六轮回。
狮吼雷音惊天地，
菩提自在笑何为？

九寨沟五花海

2009年

丹青妙笔天造化，
五花水彩浸晚霞；
风吹涟漪倩影动，
疑似洛神到客家。

蓝月山谷

2009年

蓝月山谷凌空行，
苍林醉染画廊中。
牧场神牛风铃韵，
桃源诗境谢陶公。

望龙门石窟

2010年

千年伊阙水潺湲，
万尊石佛入涅槃。
香山飞阁望龙门，[1]
一双白鹭御风还。

[1] “香山”指当地香山寺，位于龙门大佛对面山腰。寺中飞阁造型优美，是登临观赏景点之妙处。

登苍龙岭[1]

2010年

华山论剑古侠风，

黄河远望烟雨蒙。

苍龙岭上观绝景，

万仞峭壁挂云松。

[1]2010年夏，与夫人同游西岳华山，登上苍龙岭，放眼四望，绝壁耸立，云松如画，故赋诗以记。

江南春雪

2011年

飞雪飘飘过江南，
归鸟啾啾旷野寒。
燕岭荒草伏地吟，
醒时挥笔点春山。

江南雨景

2011年

江南三月好时节，
黄花绿叶游心悦。
小镇红楼朦胧景，
一池春鸭烟雨斜。

武夷山九曲溪

2011年

雨后竹筏清溪流，
九曲环山景色幽。
朱子题刻聚神韵，
书院文脉越千秋。[1]

[1] 武夷山书院亦名“朱子精舍”或“紫阳书院”，为宋代理学家朱熹于1183年始建。九曲溪沿线景点有多处朱子题刻。

秋游天山天池

2013年

丹枫白杨绿柳间，
峡谷奔流秋水寒。
西天王母早归去，
唯留瑶池映雪山。[1]

[1] 天山天池亦名“瑶池”，相传为长寿神西王母所居之处，亦传为西王母与东王公（周穆王）幽会之地。据说两者情投意合，难舍难分，但穆王念于国事，只好忍痛割爱，回归故里，一去不返，后来也修炼成仙。可参阅《山海经·海内西经》。古诗有曰：“西望瑶池降王母，东来紫气满函关。”另外，唐人李商隐写有《瑶池》绝句，其曰：“瑶池阿母绮窗开，黄竹歌声动地哀。八骏日行三万里，穆王何事不重来？”

黄昏过洞庭湖堤

2013年

半湖秋月半湖灯。
渔火初照玉镜明。
汽笛长啸惊归鸟，
风摇芦荡琴瑟声。

观柳毅井

2013年晚秋

传书亭下柳毅井，
万年海眼溢真情。
世间业报终有果，
奇缘天成在洞庭。

京城春季雾霾

2013年

连日雾霾春意懒，
一夜风沙春花残。
泼墨飞彩绘春色，
枝头鸟语报春还。

云湖森林公园

2013年

昨夜秋风碧山空，
今朝林色诗意浓。
蓬雀轻摇格桑花，
寒露无痕枫叶红。

密云水库观感[1]

2013年

其一

醉饮瑶台群仙会，
杯倾檀州云湖水。
合天化育惠京都，
三春杨柳风物美。

其二

日出烟岚画苍莽，
山色迷离炫湖光。
两观亭上闻蝉悦，
风吹林梢送清凉。

[1] 密云水库于1958年兴建，翌年拦洪，次年蓄水，多快好省。近50年来，滋养京华，浇灌沃土，曲尽万物，其合天之德可谓美矣，化育之功可谓大矣，生态之状可谓盛矣。千禧九年仲夏，余登云湖度假村两观亭遥望，见波光粼粼，山色苍翠，美不胜收，感念良多，即兴而作。

云湖樱花园

2014年

樱花烂漫争艳奇，
落地化泥始相知？
天怜物美呈一瞬，
春来又当贺芳时。

江南行

2014年

江南雨后春光滟，
碧水黄花衔远山。
勿劳骚客诗千首，
只观眼前画一卷。

海景偶寄

2014年

日照南洋渔舟晚，
云入洪流自悠闲。
目送归鸟乘风去，
人在沙滩心在天。

重回长安故里[1]

2013年

其一

重回长安忆故乡，

终南阴岭秀远方。

诗圣夜宿甫店村，

曾随老僧拜佛堂。

其二

古墙春草绕烟村，

飞燕往返两楼门。

东来紫气西边月，

当年胜迹何处寻？

[1]2010年夏，与夫人同游西安胜迹。因久居京城，未返长安故里，回乡后目之所及，物非人亦非，遥想当年情景，顿生诸多感慨。乘车返回酒店，夜不能寐，思远忆旧，拈出几首拙诗以记。

其三

池边汉槐藏书童，
庙前唐柏乐师翁。
黛色空抹南山岭，
戏楼高垒唱秦风。

其四

村貌残存土巷深，
危房陋舍两界分。
甫店学堂杳无迹，
风摆河柳思故人。

祁连雪景

2013年

云空俯瞰祁连山，
雪岭纵横夕照远。
幽谷深锁修仙洞，
吸风饮露几时还？

果子沟行吟

2013年

半山秋景半山春，

草树青黄两色分。

雪岭云杉飘红叶，

悬天飞瀑涤凡尘。

高台湖景[1]

2013年

赛里木湖碧如蓝，

紫云夕照画远山。

秋送归鸿乘风去，

落霞无悔醉草原。

[1] 从果子沟到赛里木湖，因地形抬高，故有三台之分。赛里木湖居于高台，海拔2000多米，四周雪山环绕，水草丰茂，候鸟众多，其中西海草原辽阔无边，绵延山外。湖面约500平方公里，湖边清澈无比，流泉不绝；湖心水天一色，变化多端。当年成吉思汗率大军曾远征阿富汗，在此屯兵养息，并打开果子沟天险，拓展丝绸之路。

访五台山文殊殿

2014年

清凉山上菩萨顶，
古松云外咏唐风。
滴水穿石寓天意，[1]
长天落日悄无声。

[1] 山西五台山菩萨顶为古代寺庙群，内建文殊殿等，遗有唐代古松。文殊殿前置蟠龙云纹浮雕石块，因屋檐滴水，日久洞穿，部分浮雕剥落，文殊殿因此俗称滴水殿。今五台山殊象寺前，有石碑亭一座，记述了毛泽东等于1948年3月23日先访五台山、后达西柏坡一事。

大理三塔寺观感

2014年

南诏三塔镇山川，
佛都千载化西南。
苍岭云游横玉带，
洱海扬波灌桑田。

木棉花偶题

2015年

南国奇花树上开，
疑似红雀云中来；
轻舒丹翼吟春曲，
飞燕闻声和天籁。

黄昏江景

2015年

烟霞落照飞白鹭，
空山明月映江流。
东去澜沧赋诗韵，
风吹芦荻晚来秋。

望江苑赏月

2015年

京城雾霾锁春秋，

嫦娥清影几时有。

远走边陲寻胜迹，

澜沧江月照乡愁。

檀州春咏

2015年

春来草木吐新芽，
柳绿桃红秀烟花；
五彩飞鸢追落日，
一池清漪浸晚霞。

白河垂钓趣事

2015年

沿岸春色掩风柳，
白河潺湲生野芦。
渔翁独唱桃花吟，
情动幽潭鱼上钩。

京北踏青随感

2015年

清明上河泛兰舟，
柳岸飞红拂酒楼。
春云润雨添新翠，
野岭放歌信天游。

孟夏成都行吟

2015年

蜀国都府少城边，
旧唐兰溪流千年。
笛翁池上吟梦蝶，
茶客亭下飞思远。

腾冲印象

2015年

凤山云绕雨朦胧，
水墨淡扫画图空；
斜阳晚照烟岚秀，
西天横抹落霞红。

宁夏行旅怀古

2015年

其一

党项铁骑任纵横，
雄霸西北统万城。
而今王陵残垣在，
黄沙枯草卷秋风。

其二

贺兰山阙听悲声，
壮士苦吟满江红；
风波亭绝臣子恨，
血溅雄魂报精忠。

其三

六盘高峰云飞扬，
北顾戎狄古战场。
历来强将多胜算，
鲜有哀兵缚苍狼。[1]

[1]历史总有例外。参阅毛泽东《清平乐・六盘山》词：“……六盘山上高峰，红旗漫卷西风。今日长缨在手，何时缚住苍龙？”

桂林随感

2015年

其一

叠彩山色秀霓裳，
明月峰头望漓江；
罗带悠悠分流去，
桂花闲落入珠湘。

其二

杉湖夕照映双塔，
水彩华灯润落霞。
桃花江上渔歌晚，
船过桥下赏摩崖。

澜沧暮色

2016年

暮霭西沉归兰舟，
碧江东流逐白鹭。
月照高楼明灯火，
山浮孤云挂空图。

檀州白河春柳

2016年

惜别数月喜重逢，
河畔金柳沐春风；
玉簪青丝飘秀发，
初试新妆点桃红。

观海棠花

2016年

海棠萌绿佩红蕾，
不与桃李争芳菲；
只待阳春清风来，
满园烂漫花雨飞。

咏紫丁香

2016年

昨夜春雨唤东风，
日出紫丁香愈浓；
花迷群蜂舞心曲，
罔顾灼夭碧桃红。

景洪暮色

2018年春

其一

半城霓虹半城绿，
一山云染一山雨。
澜沧渔火流沙月，
落霞晚照佛光里。

其二

江心白鹭嬉流虹，
岸边草堂弦歌声。
庭前坐看澜山月，
时觉琴润椰林风。

其三

雨后斜阳映澜沧，
江湾水阔绚微茫。
风催云林山形远，
月拥归鸟天际翔。

其四

雨林幽谷春华浓，
星耀苍岭月轮红。
孤舟垂钓咏酒歌，
野芦轻摇舞江风。

望月忆青岛栈桥[1]

1979年

中秋嫦娥露欢容，
皓皓明月悬苍空。
软风轻拂窗外柳，
忽而神飞栈桥东。
只身邀月成孤影，
墨云团团夜潮声。
举目凝思问九天，
何日奉召访琼宫。

[1] 庚申年中秋月夜漫步校园，后归书斋，望窗外明月中天，风拂柳动，忽念早年青岛实习期间，中秋夜于栈桥东孤身赏月境况，不胜感慨深殊，乘兴索肠刮肚，觅诗一首，以抒情怀。

访严子陵钓台[1]

1981年

太公溪上梦日边，
适逢贤君展英才。
子陵归隐垂钓台，
光武三顾不复来。
曾闻柳翁牢骚盛，
临江观鱼陶然哉。
先贤风雅越千古，
世人枉叩朱门开。

[1] 初访富春江严子陵归隐处，传言光武帝三顾而不复出，可谓清高之至。钓台亭柱联楹为：“登钓台而望神怡心旷，想先生之风山高水长。”由此联想柳亚子与毛润之两位老人和诗所言，不胜感慨，随兴赋诗以记。

登泰山旧忆[1]

1996年

曾忆当年登泰山，
风月沧桑乐无边。
秦时古松汉石刻，
始皇武帝喜封禅。
南天门耸接云端，
黄河金带链平原。
夜来绝顶望星河，
不及日出赏奇观。

[1] 是年暑假，与家人随团同登泰山，上下乘缆车，游兴寡淡。闲谈时回忆 20 世纪 70 年代末与同学登泰山，凭借脚力，虽劳累不堪，但所见所闻良多，体验深刻难忘，偶兴赋诗以记。

游小三峡[1]

1997年

大宁清流滔滔下，
漫天巴雾笼三峡；
断崖横挂古栈道，
绝壁高悬棺木匣；
马归山前虎出洞，
飞龙岩后美女发；
百兽探江人喧哗，
林中猿啼鸟作答；
三人漂流不觉晚，
日落江心弦月斜。

[1]1997年8月，三峡大坝断流前，与夫人和小女同游小三峡。漂流数里，几近黄昏，乐不可支，谨此以记。

黄洋界遐想[1]

2006年

罗霄阴岭雨遮天，
重登炮台话当年。
古来兵道无常法，
偷渡险滩袭雄关。
风雷激起千尺剑，
血溅黄洋红军团。
遥问猎户欲何求？
疑是纵刀斩王缘。

[1]2006年中国社会科学院哲学所组织红色旅游，先赴井冈山，随后访庐山。重登黄洋界，思旧怀古，似闻“黄洋界上炮声隆”之惨烈鏖战。据相关史料和传闻所述，此役失败原因颇多，此处存疑如斯。

旅顺炮台怀古[1]

2008年

雾锁黄海起狂澜，
血战东瀛恸河山。
壮士高歌赴死易，
琴翁苦吟国运难。
苍天无泪哭秦汉，
草木有情梦长安。
谁言往事风吹过，
道光炮台忆当年。

[1]2008年夏，与夫人和小女访旅顺口旧炮台，所见清朝与俄国炮台，其威力有天壤之别。相互比照，甚为震惊，遥想甲午战事，随感抒怀以记。

香格里拉石卡山谷

2009年

石卡山顶雾漫漫，
梅里雪峰见时难。
仰天长啸从兹去，
直下灵犀神湖边。
古木躬身拜弥勒，
白云入水济佛缘。
灵光顿开识万相，
拈花一笑解倒悬。

玉门关咏怀

2009年暑秋

玉门关外汉长城，
秋草半掩荒漠中。
当年铁血洒万里，
武帝挥师任纵横。
烽火狼烟成往事，
剑吼马嘶渺无声。
借问黄沙曾记否，
此处何时度春风？[1]

[1] 此处原为汉关要塞，历来被视为苦寒之地。唐代诗人对边塞征战或风光多有吟咏，其中最流行者为王之涣所作《出塞》，诗曰："黄河远上白云间，一片孤城万仞山。羌笛何须怨杨柳，春风不度玉门关。"

访布达拉宫

2012年盛夏

雪域古城望蓝天，
白云悠悠神鹰旋。
四围苍山点春色，
布达拉宫飘经幡。
先贤译典举圣事，
藏王授金成美谈。
六字箴言伴雷音，
业报轮回法无边。

大昭寺观感

2012年盛夏

大昭寺外偈声喧，
五体投地拜佛缘。
法轮常转识万相，
如来洞观通千眼。
南国公主赠经卷，
大唐文成启宏愿。
松赞王朝开盛世，
吐蕃遗响自绵延。

林芝奇景

2012年盛夏

米拉山口阵风疾，
层峦万仞接天梯。
驱车直下东南去，
水阔林秀景色奇。
草甸连绵绿谷底，
杜鹃盛开花绚丽。
烟岚散尽暮云飞，
雪峰忽现斜阳里。

乾陵无字碑有感

2012年

媚娘权变号武曌，

东都牡丹倾天朝。

上乱下治安国策，

酷吏面首宣密诏；

殿前杀伐冤魂啼，

宫内寻欢酒家笑。

身后功过任评说，

无字风流知多少？

霍去病墓凭吊

2012年

武帝麾下展雄才，
闪击匈奴飞将在；
斩首十万平漠北，
御前畅饮话成败。
岂料误杀犯天怒，
贬谪蛮郡染瘴霾；
死后伴驾皇陵侧，
霍郎豪气还复来。

岳阳南湖怀古

2013年

龙追九龟遁湖中，
诗言云梦胜蓬瀛。
湘妃横笛吹天籁，
秋雁和歌过洞庭。
太白笑谈风流事，[1]
浩然情动岳阳城。[2]
文正雄赋成绝唱，[3]
子京妙曲高古风。[4]

[1] 在李太白（李白）描写畅游洞庭湖时的诸多赋诗中，有“千年风流事，名贤共此时”两行。

[2] 在孟浩然描写岳阳洞庭湖的诗中有“气蒸云梦泽，波撼岳阳城”等名句。

[3] 此处所言“雄赋”指范文正（范仲淹）的《岳阳楼记》。

[4] 此处所言“妙曲”指滕子京（滕宗谅）描写岳阳洞庭湖的诗词歌曲。

山海关怀古

2013年

雄关险踞老龙头，
依山横越古北口。
百年御敌长城外，
一朝兵变陷京都。
平西王府雨啾啾，
红颜思旧添新愁。
历来富贵如浮云，
史留骂名盖难休。

北戴河遥想[1]

2013年

乱世豪杰非等闲，
江湖庙堂一念间。
官渡赤壁成绝唱，
魏武挥鞭赋遗篇。[2]
红军长征历万难，
雪山草地走泥丸。
改天换地诗秋风，
毛公观海诵狂澜。

[1] 千禧十三年秋，访北戴河，漫步海滨，重吟毛泽东《浪淘沙》词，其曰："大雨落幽燕，白浪滔天，秦皇岛外打鱼船。一片汪洋都不见，知向谁边？往事越千年，魏武挥鞭，东临碣石有遗篇。萧瑟秋风今又是，换了人间。"由此思旧怀古，即兴而作。

[2]魏武帝曹操于建安十二年（207）五月统兵征乌桓，七月出卢龙塞，九月胜利班师，途经冀州（河北省），登碣石山，赋《步出夏门行》，亦称《碣石篇》，因首句"东临碣石"而得名。此诗旨在表达个人抱负，其曰："东临碣石，以观沧海。水何澹澹，山岛竦峙。树木丛生，百草丰茂。秋风萧瑟，洪波涌起。日月之行，若出其中；星河灿烂，若出其里。"（幸甚至哉，歌以咏志）据史料记载，秦始皇与汉武帝皆曾东巡，登临碣石山。多数学者认为，碣石山所指有二：一为河北乐亭县西南的大碣石山，二为河北昌黎县西北的碣石山，现划归秦皇岛市，距离北戴河区不远。

伊犁怀古

2013年

古来明月照天山，
金戈铁马动河川。
西域都护通丝路，
盛唐使节安边关。
蒙古铁蹄征战难，
林公[1]德业世代传。
左大将军[2]收失地，
屯垦兵团[3]赋新篇。

[1]“林公”指林则徐。虎门销烟之后，林则徐被流放伊犁，老臣积极有为，兴修水利，发展农耕，造福一方，为民拥戴。

[2]“左大将军”指左宗棠。1875年5月3日，左宗棠临危受命，主持新疆军务，历经三年苦战，于1887年1月光复除新疆伊犁地区之外的全境，给帝国主义列强试图蚕食南疆地区的阴谋致命一击。左宗棠收回失地，保土安民，居功甚伟，有诗赞曰：“大将筹边尚未还，湖湘子弟满天山。新栽杨柳三千里，引得春风度玉关。”

[3]“屯垦兵团”指建设兵团四师下属诸团。新中国成立后，兵团从战场转入农场，屯垦戍边，历尽艰辛，为边关安全和发展立下汗马功劳。2013年秋访问伊犁时，据说要建立“兵团市”，连接霍尔果斯口岸，与当地中哈跨国经济特区比邻而居，具有重大发展潜力和战略意义。

月牙泉景

2013年

月牙泉边秋色浓，
芦花烟落碧水中。
胡杨情深恋倒影，
古柳怀春送暖风。
瀚漠斜阳夕照明，
百仞沙脊一抹红。
归客笑语驼铃声，
日暮楼台暗几重。

访莫高窟

2013年中秋

沧桑古道沙洲城，

晨赴三危览幽胜。

千佛洞内藏壁画，

圣迹经变[1]化众生；

舍身饲虎[2]菩萨行，

[1] 所谓"圣迹经变"，指用通俗直观的方式，来描写佛陀事迹或演绎晦涩佛经教义的绘画。其主要目的之一在于传布佛理，教化民众，普度众生，使其离苦得乐，前往西方极乐世界。

[2] "舍身饲虎"故事见《贤愚经·摩诃萨埵以身施虎品》。据载，摩诃萨埵为阎浮提州一国王第三王子，在全家和大臣出城游玩时，偶遇一只因饥饿而瘦弱将死的母虎，没有奶水养活嗷嗷待哺的七只小虎。眼看八条生命将要消逝，萨埵内心发愿，要用自己的生命解救世上苦难的生灵。于是，萨埵让两位兄长先走，自己返回到老虎所在之处，脱去衣服，挂于竹枝。他勇敢地投身到老虎嘴前，但老虎已经饿得没有力气进食。为了尽快解救将死的老虎与虎子，萨埵急忙爬到悬崖之上，找到一根竹子，用其刺破自己的颈脖，顿时血流如注，然后纵身从悬崖跳下，坠落虎侧。老虎吮吸了鲜血，逐渐恢复气力，开始吃萨埵身上的肉。此时，大地震动，日月无光，山呼海啸，百兽哀鸣。萨埵舍身救虎的悲壮场面感动了天上诸神。诸天神纷纷为其祈祷赞颂，飞天将无数鲜花撒满山谷。在莫高窟诸多洞窟里，都有按此题材描绘的故事画，最具代表性的是北魏第254窟南壁之作，其中最大的场面是"饲虎"，突出表现萨埵被咬食的身躯和张牙舞爪的饿虎正在啖食人肉，用细节来深化悲壮主题。此画前后由八个场面组成，全图结构严谨，穿插合理，浑然一体，笼罩着强烈的悲剧气氛。参阅陈钰、何家蓉编著：《敦煌壁画故事大观》，甘肃人民美术出版社，2008年版，第433—435页。

九色鹿喻法相明。[1]
可叹敦煌伤往事，
曾逢乱世群盗风。[2]

[1]此故事见《佛说九色鹿经》，主题为舍己救人和因果报应。另参阅陈钰、何家蓉编著：《敦煌壁画故事大观》，甘肃人民美术出版社，2008年版，第328—329页。

[2]1900年藏经洞偶然发现后，适逢清末乱世，外强入华，国宝外流。洞中5万余件藏品被大部海外来华的探险家或汉学家骗买或盗取，其代表性人物有斯坦因（Aurel Stain）、伯希和（Paul Pelliot, 1878—1945）与华尔纳（Langdon Warner，1881—1955）等人。对此，于右任曾赋诗两首，其曰："敦煌文物散全球，画塑精奇美并收。同拂残龛同赞赏，莫高窟下作中秋。""斯氏伯氏去多时，东窟西窟亦可悲。敦煌学已名天下，中国学人知不知？"陈寅恪亦曾感慨："敦煌者，吾国学术之伤心史也。"上列言说，均见于敦煌三清宫陈列馆内。

西安城墙行吟[1]

2013年

古城墙上爽秋凉，
蝉鸣柳梢游兴畅。
远眺南山望浮云，
回首西天看夕阳。
骑车十里花灯放，
街景喧闹万家忙。
文武胜地成往事，
曲江流吟付沧桑。

[1]是年初秋,与夫人同访西安，黄昏时分，登上城墙，租用单车，绕骑一游，约14里，一路光景，感受甚深，犹觉北京城墙拆毁，实属新政以来重大失误之一，惜哉!

秦陵兵马俑怀古

2014年

千古奇观始皇陵，

雄浑方阵兵马俑。

拔剑挥师扫六合，

纵横天下成一统。

六部郡县奉法制，

百代相承效秦政。

焚书坑儒留骂名，

历来君王心术同。

登黄山随感

2014年

古来封禅崇东岳，
奈何黄山多奇峰。
天都驾云揽明月，
莲花凌空落霞红。
翰墨妙笔绘丹青，
飞岚赋诗成仙梦。
曾记秋虫效蛟龙，
松风常叹戏老翁。

宏村古镇印象

2014年

谁言风水尚空诞，
宏村画境数百年。
古木通天增福寿，
南湖学堂颂圣贤。[1]
门迎野岭堆云秀，
窗临修篁拂玉兰。
六经龙文遗响在，
诗书传家成美谈。

[1] 南湖学堂在当地名为“南湖书院”，亦名为“以文私塾”。其中志道堂的楹联包括：（1）迎门饮湖绿一线涟漪文境活，倚窗眺山峦万松涤处讲堂开。（2）读圣贤书行仁义事，立修身志存忠贞心。（3）漫研竹露裁唐句，细嚼梅花读汉书。启蒙堂的楹联包括：（1）信古不近也是昔贤知已，流阴若寄无为今世闲人。（2）斗酒纵观廿四史，炉香静对十三经。（3）真学问从五伦做起，大文章自六经而来。会文堂的楹联包括：（1）古今来许多世家无非积德，天地间第一人品还是读书。（2）文以知希为贵，学能时习有专。

雨后云湖观感

2014年

仲夏重游云湖村，
波斯菊开飞香魂。
峰亭远眺西天色，
断霞横空染月轮。
落日余晖似有情，
暮烟轻扬入画痕。
乡野闲人图一乐，
放声长啸听谷音。

密云白河暮色

2014年

彩虹桥上望苍岭，
半城秀色映水中。
鼓楼倒悬华灯放，
西山日暮烟霞红。
奥园飞鸢添一景，
高台秧歌舞清风。
雁过无声向明月，
何来弦乐伴星空？

京郊中秋节咏景

2014年

夜来山雨送秋风，
雾霾尽扫华宇晴。
乘兴驱车云湖去，
直上林表两观亭。
日照烟岚染苍峰，
水映叠峦入画屏。
斜阳无意恋西天，
适逢佳节盼月明。

黑龙潭峡谷

2014年

云蒙野岭多奇观，
秋瀑飞泻黑龙潭。
幽谷清凉藏锦绣，
疑觉悠游到江南。
山花迷离引蝶舞，
涌泉穿石挂珠帘。
瓜甜共享农家乐，
亭台笑语话丰年。

大金塔寺暮景

2014年

华灯初照映古刹，
宝塔金顶开莲花。
烟笼雨林青山暮，
澜沧江月送晚霞。
闲翁亭下一壶茶，
无酒自欢论天下。
是夜空岛燃篝火，
风吹芦笛飘入峡。

泉州开元寺随感

2014年

鲤城古刹耸双塔，
桑莲应瑞飘桂花。
宝殿金瓦腾祥龙，
秋日云空灿若霞。
如来圣迹石刻画，
弘一南渡释佛法。
华严明心律践行，
悲欣交集修坐化。

登清源山偶成

2014年

道教圣地清源山，
幽林胜境入洞天。
老君坐观乾坤相，
水光云影过眼前。
澄怀谛视见本然，
妙门正觉一念间。
外界清净难觅处，
内心无尘解倒悬。

秋游司马台

2014年

碧水环绕古北镇，
牌楼堆秀迎客门。
酒旗轻飏拂柳风，
石桥圆拱映月轮。
长城横越壮秋韵，
烽火连台接孤云。
红叶飘飞游人醉，
仰天狂啸惊山魂。

国殇墓园有感

2015年

远征将士刀出鞘，
血染旌旗风萧萧。
滇西鏖战收失地，
浴火重生灭寇枭。
舍身救亡雪国耻，
壮怀英烈感今朝。
史训明鉴固邦本，
廉政强兵莫逍遥。

楼上观江景

2016年

闲来楼上望澜沧，
玉带含烟碧水长；
雾浸北岸山形隐，
霞染江湾画微茫。
渔翁独钓野芦荡，
白鹭伴舞笛飞扬；
早发龙舟向东坝，
风吹锣鼓送远方。

江边绿带

2016年

澜沧江畔椰林风，
云过亭前桂香浓；
盛开紫荆引蝶舞，
日出扶桑露欢容；
凤尾棕摇竹影动，
火焰花燃蕊球红；
三角梅艳芳草绿，
彩虹叶秀乔木丛。

景山春日踏青

2016年

景山年年牡丹开，

春云片片绕亭台。

孤家崇祯殉国处，

断碑沧桑忆伤怀。

偏生乱世乏良才，

勤政无功咎自哀。

裂面长发天不应，

古柏森森鸦飞来。

秋游古北水镇

2016年

山涧水镇晚来秋，
风裹云林池上楼。
翻弦声裂长城外，
铁板书吟忠烈侯。
雄关横亘古北口，
空锁幽云十六州。
宋辽交兵成往事，
一壶浊酒邀月游。

檀州白河夏夜

2018年

檀州河湾月朦胧，
华灯溢彩飞流虹。
两岸欢歌南北调，
音分俗雅兴味通。
少壮独吟侠客行，
老旦情叹宇宙锋。
嫦娥何须怨寂寞，
与民同乐广寒宫。

香港九龙夜景

2018年

九龙港湾灯火秀，
相伴明月照层楼。
四围山屏卷珠帘，
天光水影耀码头。
海轮穿梭鸣长笛，
惊飞夜鸟落沙洲。
老翁轻吟南国曲，
不知何物戏鱼钩。

重返滨江山庄[1]

2018年

金塔名刹临江渚，
鼓瑟鸣锣伴歌舞。
画船朝辞一江云，
紫霞晚照半山雨。
闲赋旧诗乐悠悠，
月明星稀几度秋。
寺中长老今何在，
门外澜沧空自流。

[1] 西双版纳自治区属亚热带雨林气候，州府景洪市位于澜沧江畔，四面环山。北岸建大金塔寺，江上画船往来，夏季景色优美，暮雨朝云，气候多变。晨起望江景，黄昏观日落，今日兴至，仿王勃《滕王阁序》诗韵，速写所见所感。王勃原诗："滕王高阁临江渚，佩玉鸣鸾罢歌舞。画栋朝飞南浦云，珠帘暮卷西山雨。闲云潭影日悠悠，物换星移几度秋。阁中帝子今何在，槛外长江空自流。"

三

THE THRID PART

异域

牛津大学公园雨后

2000年

在我记忆的网络里，
布满了天上无数的幻景：
火烧云，佛光金顶，天马行空……
可从未见过雨后斜阳下
这道凌空低垂的彩虹——
左一棵梧桐，
右一棵雪松，
两大树冠上托着一张弯弓；
五色斑斓，
雄浑而又轻灵，
像古罗马教堂的彩绘穹顶，
像紫禁城御道的大红门洞，
流泻在池塘中的倒影，
把四周芳草上的雨珠染出笑容。
我真想穿过脚下的绿茵，
去亲吻水中那醉人的霓虹，

可又担心自己的脚步太重太重，

会摇碎一串串挂在雨珠上的甜梦。

我只好伫立在原地，

凝照空中的云色幻化翻动。

此时，

胸中虽也涌起一缕缕诗情，

但无暇觅句，

只是呆望着那道彩虹，

直到她消失得无影无踪。

克里特岛纪行

2006年

风吹歌声咽，

船行浪花间。

众客狂欢，

推杯换盏，

玉瓶光转，

酒神国里尽笑颜，

谁知魏晋两汉？

君自独饮无言，

微醉凝思望远；

诗情空寄，

画意阑干，

无韵离骚入洪流，

大美境界得自然——

天无涯，

海无边，

六合浑一体，

秋水泛苍蓝……

曾记古人嗟叹，

谈玄尚静观；

思入风云里，

明月印万川……

如今眼前景色，

变亦不变，

看似日神驾飞銮，

操琴吟唱，

高挂云帆，

环宇照千山……

凡夫若具慧眼，

不分天上人间；

逍遥游遍八方，

何须化羽登仙！

洛桑居所偶记[1]

1992年

思玄柳荫下，
凝照湖畔峰。
积雪映白日，
浮云挂碧空。
近闻鸡犬声，
时有秋虫鸣。
外燥心若静，
清风拂袖中。
化物通大道，
逍遥宇宙行。

[1] 1992 年赴瑞士洛桑大学深造。其间居住 Renen 社区，房前草坪花园中可遥望雪峰与莱蒙湖景，下午风清日暖时在园中读书思考，是谓纯粹休闲之乐。偶有所得，赋诗以记。

致贤妻于墨尔本[1]

1987年

泽春暖残雪，
平生慕飞凰。
八载温语声，
神会自难忘。
情耀南极光，
深没两大洋。
思追流云去，
爱乘鸿雁翔。

[1]1987 年夫人留学澳洲维多利亚理工大学，正月回信，附此随感。

堪培拉大学湖景

1983年

蓝天红土景色新，
袋鼠横穿桉树林。
秋湖游鱼嬉水草，
往来飞雁空好音。

菲利普岛夜景

1983年

一岛分流两大洋，
风云际会东西方。
夜观企鹅归巢穴，
方知两栖非寻常。

悉尼歌剧院

1983年

贝壳出海沐春风，
神思绝笔自天成。
巧借飞桥添一景，
曼舞长歌颂新声。

广岛随感

1985年

曾为军港震东亚，
核爆悲剧施虐杀。
危楼残存伴新貌，
和平广场祭灵花。

洛桑冬季

1992年

其一

远钟鸟啼空林风，
寒泉细流听雨声。
踏叶寻诗终未得，
回望夕阳湖上行。

其二

西坠红日暖寒云，
东飞鸟影投枯林。
凭栏孤望驰远思，
安知此愿抵家人？

其三

河上林梢鸟飞还，
夕照两行南归雁。
秋水潺湲渡红叶，
清歌一曲待来年。

尼加拉瓜瀑布

1998年

洪流跌宕雷轰响，
水雾腾跃雨飞扬；
凌空彩虹成幻景，
疑似织女会牛郎。

多伦多郊野

1998年

其一

溪流荒谷歌南风，

林花野放惹春红；

半月空明浮云渡，

斜阳醉卧芳草中。

其二

枯树初绿迎新客，

叶落花开任取舍。

万物化育自流行，

大美无言报春色。

纽约自由女神

1999年

巴黎女神嫁纽约，[1]
自由灯塔照美国。
百年兴邦成霸业，
光荣岁月几蹉跎？

[1] 纽约的自由女神像当年是法国政府所赠，以此标示新世界对自由精神的尊崇。

美国大峡谷

2004年

夕照荒野沙漠风，
满目丘山落霞红；
谷底江河呈细流，
飞鹰猎鸟击长空。

伦敦威斯敏特桥

2000年

威斯敏特桥中桥，
宏姿倩影迷飞鸟。
诗画妙笔非想象，[1]
君临此境方知晓。

[1] 英国湖畔诗人华兹华斯有一首名诗题为《威斯敏特桥上》。诗云："大地再没有比这儿更美的风貌；若有谁，对如此壮丽动人的景物竟无动于衷，那才是灵魂麻木；瞧这座城市，像披上一领新袍……在烟尘未染的大气里粲灿闪耀。"

西斯廷教堂顶画

2000年

梵蒂冈国尊教皇，
米氏巨笔绘顶堂。[1]
天父圣子传心法，
画风雄健神飞扬。

[1]“米氏”指文艺复兴时期艺术家米开朗琪罗。他花费数年在梵蒂冈西斯廷教堂绘成巨幅穹顶画，描写天父圣子的光辉神迹。

登圣彼得大教堂[1]

2000年

恢宏圣殿冠圆拱，
彩窗流溢罗马风；
登顶环顾诗如画，
千年胜迹遍古城。

[1] 圣彼得大教堂位于梵蒂冈圣彼得广场，历史悠久，风格雄浑，装饰华美，是西方千万著名教堂之最。现在由建筑内部乘电梯、爬台阶，可达顶部鸟瞰罗马全城。

佛罗伦萨印象

2000年

旧读美文翡冷翠，[1]
诗心玄远景色奇。
今观廊桥依旧在，
江水楼台流画里。

[1] 佛罗伦萨的意文原名为 Firenze，常见的外文译名是 Florence。“翡冷翠”是徐志摩按意大利语发音所译地名。参见徐志摩文《翡冷翠的一夜》。

凡尔赛宫印象

1992年

古雅雕刻仿百家，
皇室园林汇精华；
先王坐骑憩翠鸟，[1]
波斯艺毯嵌宫画。

[1]“先王”指法国国王路易十四。凡尔赛宫前有其骑马巨雕，宫内有其多幅画像。

登里约耶稣山

2003年

遥望山上十字架，
登临方知神造化。
日夜护法卫约城，
宽容博爱佑天下。

里约城面包峰

2003年

流云铺纸海为墨，
双峰运笔走龙蛇。
无穷画意真山水，
索道空悬乐天客。

赫尔辛基夏日

2004年

湖边义演琴声扬，
街头伴舞自弹唱。
草莓樱桃正当时，
盛夏悠悠日照长。[1]

[1] 芬兰地处北欧，夏季几乎没有黑夜，日照极长，草莓樱桃甜度奇高，属当地特产，五欧元一小桶，不洗可直接食用。

远眺雅典卫城

2004年

楼顶花园眺远峰，
华灯夜放绘霓虹。
神庙历劫逾千载，
古风遗响满卫城。[1]

[1] 雅典卫城位于市内一座山上，神庙耸立其顶，夜来灯火辉煌，远处眺望，清晰可见，堪称奇观。

希腊古宫遗址

2004年

纳斯塔官数千年，[1]
荷马史诗世代传。
古木新枝遍山野，
连云接海绿如岚。

[1] 此宫遗址位于希腊伯罗奔尼撒半岛，距古奥林匹亚市不远，据说是荷马当年云游吟唱的地区之一。

皮尔高斯观海[1]

2004年

晨观沧海浮紫光，
涛声无韵自吟唱。
东起烟岚空蔽日，
孤客天涯思还乡。

[1] 皮尔高斯海滨位于希腊伯罗奔尼撒半岛，可乘游轮去意大利西西里岛等地。

博斯普鲁斯海峡

2006年

雄浑古堡屹峭崖，

蓝色狂想通欧亚。

帝国旧都跨东西，

星月旗风掠海峡。[1]

[1] 博斯普鲁斯海峡连通欧亚，横穿伊斯坦布尔市。该市曾为东罗马帝国首都，史称君士坦丁堡，后为奥斯曼帝国首都。星月旗为土耳其国旗。

克里特岛印象

2007年

其一

苍空皓月照碧海，
静夜涛声合天籁。
仙子御风莅凡间，
爱神凌波登岸来。

其二

庭院花树倚门栽，
锦云斑斓越墙开。
斜阳落照炫玫红，
往来飞鸥复徘徊。

米诺斯迷宫

2007年

米诺斯王筑迷宫，
幽邃精巧夺天工；
巨陶壁画存遗韵，
远东文明融古风。

德尔菲神谕

2008年

古道沧桑日西沉，
神谕玄奥何处寻？
古来剧场思仙乐，
林啸长空飞流云。

德尔菲神庙

2008年

双鹰相逢德尔菲，[1]
环宇中界降翠微；
日神挥弦歌一曲，
崇山呼应云鸟飞。

[1] 希腊神话传说宙斯为确立宇宙中心，从两极放飞两只神鹰。数日后，双鹰在德尔菲会合，故以此地为宇宙中心。

德尔菲山谷

2008年

夜来幽谷闻鸟鸣，

独上楼台悄无声。

举目唯见山月笑，

远村灯火明灭中。

冰岛蓝湖温泉[1]

2011年

火山灰飞英伦岛，[2]

蓝湖温泉景色好。

水上仰卧天作被，

醉酒放歌乐逍遥。

---

[1]2010 年 4 月中旬，应冰岛大学之邀参会，谁料火山喷发，灰云覆欧，航班停飞，余受困于冰岛首都雷克雅未克。随后乘车赴阿克雷利机场，经苏格兰格拉斯哥机场飞往法兰克福机场。在此途中，领略冰岛初春雪景，自以为有失有得（For every cloud there is a silver lining.），随兴赋诗以记。

[2] 此次火山爆发期间，火山灰飞布英伦三岛与欧洲大陆，居民饱受困扰。时值冰岛金融危机，借贷英国，应还外债，但国家破产，无力偿还。冰岛人戏言债主：You want cash, we give you ash.（你们想要现金，我们奉还火山灰）

赴阿克雷克途中

2011年

长川逶迤连海宇，
残雪清流化春曲。
风卷云舒飞鸟还，
山外斜阳笑无语。

美茵河畔闲话[1]

2011年

其一

美茵河上汽笛声，
尼萨园里春鸟鸣。
百年遗风依旧在，
只缘康乐赋闲情。

其二

飞鸟往还杳无迹，
战机纵横布云棋。
玉宇寥廓本清静，
奈何污烟浊瘴气。

[1]2010 年 4 月 29 日晨起，参观 L ü bieg Laus 雕塑作品展后，沿美茵河边散步，穿过 19 世纪修建的 Nizza 公园，环顾四周，景色优美，河水荡漾，阳光灿烂，甚感怡然。随后小憩，背靠长椅，仰望蓝天，见数架北约战机突现四方，聚集法兰克福上空，浊烟排空，噪声震耳，颇感意外，草赋以记。

秋游加拿大

2018年

其一

秋来加国枫叶美，
千岛湖染层林醉；
满目飘丹连天宇，
万朵红云流彩飞。

其二

车行旷野落霞红，
海市幻化隐山形；
轻风轻送归林鸟，
自言自语故园情。

巴黎塞纳河

1992年

晨登游艇闻遗响，
塞纳两岸胜画廊。
日出印象成名作，
疑似近前水一方。
夏宫铁塔古教堂，
飞桥纵横石雕像。
巴黎归来不看城，
郊野枫林著诗章。

巴黎圣母院

1992年

曾因雨果名天下，
美丑难辨巨钟塔。
窗透日光流异彩，
壁拱凌空送晚霞。
旧传灾源潘多拉，
今祈罪赎十字架。
木刻连环赞圣迹，
神佑使徒显灵榻。

夏访剑桥大学

2000年

徐郎抒诗别康桥，[1]
云挥衣袖静悄悄。
仲夏闲来访旧地，
河上船客任逍遥。
街头哑剧佐新料，
游人参演创艺潮。
独坐深苑幽静处，
偶闻古钟意蕴高。

[1] 徐志摩就读剑桥大学，回访母校时赋诗《再别康桥》。所言“康桥”，实属 Cambridge 的音译与意译混成之名。

苏格兰高地

2000年

乘车横越苏格兰，
满目青翠碧连天。
山色海景交辉映，
隔窗坐看两不厌。
斜坡紫兰开无边，
疑似云锦绣艺毯。
彭斯妙笔诗百首，
独咏玫瑰颂高原。

古奥林匹亚遗址[1]

2007年

远古奥林匹克村，

体育场馆遗风存。

曾闻烽火连天日，

铁马金戈催三军。

辕门忽报信使到，

解甲挂剑赴集训。

赛前誓约祈神佑，

夺冠加冕立功勋。

[1]2006 年 8 月应邀赴位于希腊伯罗奔尼撒半岛的古奥林匹亚市参会，初访当地古奥林匹亚遗址，同时参观奥林匹亚博物馆，随感赋诗以记。

雅典古市场遗址

2007年

苏翁雄辩古市场，[1]
直言犯上揭政疮；
三十巨头忧伤神，
唆动群氓施伎俩。
贤哲获罪莫须有，
囹圄笑谈极乐王；
从容就义大丈夫，
毒酒一杯细品尝。

[1] “苏翁”指苏格拉底，柏拉图的授业恩师，因批评当时雅典政坛流弊而获罪，判饮毒酒身亡。相关事件可参阅《斐多篇》。

阿诺格亚镇咏怀[1]

2007年

天父不仁贪权色，

地母伤怀奈若何；

化石为子任吞噬，

宙斯洞中两相隔。

卧薪数载成刀客，

密谋篡位战神魔；

夜来交合斩玩物，

潮涌爱芙洛蒂特。

[1] 此镇位于克里特岛伊达山区。不远处是传说中的宙斯洞。2006 年 8 月余赴此地，本想游览宙斯洞穴，因时间不够而放弃，赶车返回伊拉克瑞阳城区酒店。当时在希腊电视台拍摄记者的指引下，遥望宙斯洞处。随之饮酒期间，联想赫西俄德的《神谱》之说，随兴赋诗以记。

突尼斯遐想[1]

2010年暖春

夜来枕上闻涛喧，
晨起窗外望远帆。
迦太基城遗诗梦，
风卷云霞海鸟还。
汉尼拔剑战费边，
挥师罗马惜枉然。
柏翁访舒多忧患，[2]
雄图霸业非笑谈。

[1]2010 年 4 月初应突尼斯科学与人文科学院院长之邀，受中国社会科学院国际合作局派遣，同宗教所杨君赴突尼斯讲授中国宗教、哲学与文化鼎新之道。其间，下榻迦太基王宫酒店（Hôtel Karthago Le Palace），地中海西西里岛近在咫尺，飞鸟自由往返。晨起漫步海滨，眺望西西里，联想到柏拉图当年三顾舒拉古城与布匿战争史况，故随兴所至，赋诗以记。

[2] 据史学家推测，柏拉图三访位于西西里岛的舒拉古城邦，意欲培养一位哲人王，以便强国富民，阻挡迦太基袭扰希腊。

阿伽门农王陵

2013年

联军远征特洛伊，
破城诡诈木马计。
阿伽门农统三军，
历尽磨难归故里。
弑女祭神酿悲剧，
荷马史诗话传奇。
如今王陵对古城，
始信此翁有来历。[1]

[1] 希腊史学家在介绍阿伽门农王陵时，认定荷马史诗所述，并非全属神话传奇，而是包含部分史实。

罗马古遗址寻访

2014年盛夏

特洛伊人浴火生，

后裔雄起罗马城。[1]

仗剑纵横三万里，

旌旗漫卷凯旋风。

独霸欧亚终一梦，

千年帝国转头空。

故垒处处留残迹，

多少英魂沙砾中！

[1] 据传，特洛伊城因木马计沦陷后，希腊联军将其抢劫一空。部分特洛伊人逃出城外，出走意大利半岛，后来建立了罗马城邦和罗马帝国。

四
THE FOURTH PART

奉题

呈李泽厚先生

2017年

诗仙妙笔画君山，
何叹长沙秋色远？
心慕楚江育灵杰，
百代风骚颂高贤。
西体中用济时艰，[1]
阐旧辅新通太玄。[2]
思接千载继绝学，
为民立命天地间。

---

[1] 李泽厚先生提倡“西体中用”之说，书斋中挂有冯友兰先生为他专门题写的对联，其曰：“刚日读经柔日读史，西学为体中学为用。”

[2] “阐旧辅新”源自《诗经》“周有旧邦，其命唯新”，现代学者将其转化为“阐旧邦以辅新命”。“太玄”在此喻指国内奉为指导思想的马克思哲学。

致李泽厚先生[1]

2011年

远古图腾形神备，
青铜饕餮狞厉美。
国风雅正遗调在，
楚辞浪漫骚客随。
儒道互补成玄机，
立象忘言化韵味。
秦塑雄健篆体匀，
汉刻浑圆赋生辉。
魏晋慷慨多悲歌，
竹林纵酒图一醉。
唐诗闳达狂草飞，
宋词豪婉乐山水。
元曲情真融意境，

[1]2011年年初应旅游教育出版社之邀，编写《旅游美学导论》专业教材。此番特设一节，介绍“积淀论”，故此重读李泽厚先生旧著《美的历程》，随感砌词以记。

明清传奇话章回。

艺文千载存疑惑，

李书一卷辨精微。

致王树人先生[1]

——初读《回归原创之思》

2011年

其一

天象生生谓之易，
人文创化方为体。
道玄诗慧朝彻处，
空相有无蕴禅机。

其二

星空明月入水中，
虚实幻化光影动；
顿觉灵思超象外，
独见本然高一重。

[1] 王树人先生新作《回归原创之思》，主论“象思维视野下的中国智慧”，读后受益良多，随感赋“诗”以记，后呈“老树”先生（王树人号老树）笑阅。

其三

言尽顿显无穷意，
象立方知绝妙时。
莫道笔墨有境界，
三维入画景亦奇。[1]

其四

伏案思玄著华章，
百年树人尚书香。
饮酒挥毫赋哲诗，
庭园聚友解老庄。[2]

[1] 中西艺术及思维各有千秋，互补会通中求创新堪称上策。老树先生新作备此一说，读后受益良多。

[2] 王树人先生退休后，居于京西田园山庄，闲暇之余，常与友邻聚会，品读老庄典籍，反思人世万象。

致叶秀山先生

——《启蒙与自由》读后[1]

2014年

依何门径入西哲？

叶公举荐读康德。

审问明辨集大作，

启蒙自由翻新说。

俯仰星空解疑惑，

敬天畏人两相合。

绝对律令通法则，

至善目的悬公设。

评鉴判断歧义多，

直观凝照非美学。

形上求索运灵思，

神国投影显慧觉。

[1] 千禧十三年盛夏，初读叶秀山先生新著《启蒙与自由》。此作专论康德哲学，思理沉奥，辨析透彻，读后受益良多，随兴草赋拙诗以记。

答谢诗豪教授[1]

1996年

东隅时节辞故乡，
诗情豪发渡重洋。
莫道桑榆斜阳暮，
经世济民扶旧邦。

[1]1996年春与谢诗豪教授相聚，阅其所示新作一首，其诗曰："年逾古稀仍成器，海外苦读半世纪。往返祖国呈余热，炎黄子孙岂可弃？"余循其思路，随兴回赠，聊表心意。

题袁君驼梁山居[1]

2014年

晚年归隐喜静修，
小楼依山枕清流。
驼梁幽谷花千树，
盛夏月明夜如秋。

[1]2013 年夏，应邀赴河北驼梁山区，走访同仁袁宪军教授山居，见其地势适宜，环境幽静，气候凉爽，堪称冀北避暑之佳地，随兴赋诗以记。

题京东杨榆斋

1996年

春雨润物落杨花，
和风吹拂飘榆荚。
不与桃李争芳菲，
才思无言自作答。[1]

[1] 京东杨榆斋为笔者书斋，其名源自韩愈一诗，即："草木知春不久归，百般红紫斗芳菲。杨花榆荚无才思，唯解漫天作雪飞。" 余选用此名之时，适逢春暖花开之际，与桃红柳绿之绚丽相比，杨花榆荚更显得朴实无华。此处稍做转化，借寓人生诸态，略表自我心境。

题京北山月斋

2010年

龙游燕岭镇边关，
虎踞白河啸九天。
风吹山林流云去，
星驰月空飞鸟还。

六十年国史鉴

千禧九年，适逢国庆，工会征文；
同仁响应，笔者随和。回顾往事，
喜忧参半；反思举要，以史为鉴。

建国元年

紫禁城头响惊雷，
改天换地迎春归。
雾锁江南黄昏雨，
花开冀北映朝晖。

五十年代

创业时艰战情急，
兵出朝鲜化危机。
曾记秋风多变幻，
三旗摇落庐山里。

六十年代

华夏多难何时了，
“运动”连年知多少？
暮云迟迟暗苍天，
冬雪雪冬小大寒。

七十年代

天塌地陷何足惧，
老臣新赋兴邦曲。
挥弦声震九霄外，
飞龙在天播春雨。

八十年代

经世济民正国本，
韬光养晦审时分。
春风桃李千杯酒，
西行学子多故人。

九十年代

香港罗湖升明月，
澳门牌楼飞朱雀。
前清旧忆成悲歌，
今朝新政向天阙。

千禧年初

九州震动抗天灾，
万众情深亦慷慨。
奥运华章百年梦，
长歌一曲轩辕台。

哲学所六十华诞随感

2015年

先哲开馆六十年，
聚贤思辨论道玄；
启真储善承遗韵，
大美境界得自然。
秦火复焚九州乱，
聊借译典渡残欢；[1]
爱智苦旅踏春回，
长笛咏柳赋东观。[2]

---

[1] “反右”之后，特别是“文化大革命”期间，哲学所诸位名哲无法正常从事学术研究，只好借用批判之名，翻译德国古典哲学著作，算是聊以自慰之为。

[2] “东观”乃东汉京都洛阳一著名建筑，相当于天朝文史馆，属文人学者荟萃之地，如当时名宿蔡邕等人。这里用来喻指位于北京东区建国门处的中国社会科学院，哲学所位于院大楼第九层。“文化大革命”之后，历尽磨难的老一辈学者精神焕发，成果累累，影响甚巨，对促进当时的思想解放与新启蒙运动做出非凡贡献。

红色记忆随想

即兴草讫于丁酉年清明节前

南湖明月映万川，
孤帆远飏渡关山。
史诗一卷赋神州，
薄酒三杯祭先贤。
浴血征战跨天堑，
铁流会师登高原；
救亡图存抗倭寇，
建国立业扫凶顽。
雄兵援朝壮军威，
超英赶美惜枉然。
风云幻变咎自哀，
十年浩劫庆生还。
改革惠民除旧弊，
乾元飞龙开新篇；
伟烈丰功思秦汉，
华夏复兴梦长安。

贤妻荣休赞

2017年

鬓丝霜染韶华盈，
笑饮青梅醉颜红。
三尺讲坛四季歌，
曲终挥别乐从容。
闲居边城沐江风，
喜见林雾化迷蒙。
阳台晚照观山景，
心随落霞游天宫。

五

THE FIIFTH PART

悼忆

故园追悼

1981年

持家守业费周章，
生离死别堪悲伤。
晨钟暮鼓修三秋，[1]
居士还乡半亩塘。
夜来诵经雷音响，
常披袈裟超度忙。
手持法印出东土，
足踩宝莲归西方。

[1]祖父兄弟4人，作为长兄，主持家务，当时全家老少20余口，为养家置业，于新中国成立前在武汉与西安做事。新中国成立后，祖父返乡务农，因祖母与小叔先后病故等原因，离家到五台山修佛三载，随后返乡为居士，无论闲忙，修佛诵经伴其一生。吾幼因父亲早逝，家庭离散，先由大家庭内几位祖辈照看，后来家分4份，吾随伯父母一家生活，主要由祖父照看。吾自幼听祖父诵经，尤其在夜半之时，其音平和沉稳，印象殊深，后闻佛乐，似觉熟悉，颇具感通之悟性。

河畔祭礼[1]

1993年

湫湫清雨下，
滔滔湟水急。
涉河撒遗灰，
逐浪东流去。
穿山集灵秀，
入海观太虚。
魂兮归何处？
游心与天齐。

[1]家母籍贯为河北行唐县上碑镇，于1949年从军，分配到一九七师卫生连，朝鲜战争后驻扎秦皇岛市，于1954年同家父相识并组成家庭，1956年随军到青海西宁市就地转业，安排在市轻工业局医院工作，曾在广州中医学院进修两年。退休后，家母患骨髓瘤，饱受折磨，曾来京治疗一年，病情得到控制；回西宁复发后，住进青海省医院诊治，因医药不济，痛苦不堪，曾要求安乐死未果，数月里咬唇自忍，从不影响其他患者，也不难为医护人员，深得各方尊敬，主治医生亲口告知本人，他从医多年从未见过如此坚强之患者。家母于1993年7月6日病逝，7日之后，清晨雨注，子女奉家母遗嘱，同到五一桥东，湟水河畔，将其骨灰撒入河流之中，以解脱她多年因病魔困扰而无法自由远行之苦。当日晚间，本人伤感不已，回想当时场景，特赋诗以记。

墓前哀思[1]

1993年

令尊英年殒山城，
吾幼梦里忆音容；
戎装肃穆终不语，
春去夏来复秋冬。[2]
墓前菊花碑前名，
雨后芳草雪后松。
将士魂灵相为伴，
西北风和天籁声。

[1] 家父籍贯为陕西长安县王曲镇甫店村，就读私塾数年，于新中国成立前从军，南征北战，新中国成立后随军驻扎东北，作为军需官数次赴朝参战，前后立功两次，1955 年授衔陆军中尉。1956 年随军到青海建设大西北，当年不幸失事，安葬于西宁烈士陵园。该陵园有西路军万人坑与纪念碑，现已建立西路军纪念馆。1993 年 7 月 13 日清晨，子女遵从家母遗愿，冒雨将其骨灰撒入湟水河之后，吾只身赴西宁烈士陵园为父扫墓，追忆往事，触景生情，赋诗以记。

[2] 家父去世时，吾年仅一岁，尚无记忆。少时开蒙较早，时看家父戎装照片，形成固定印象，日后梦里相见，也是如此。悲哉！

清明追忆

2014年

通识海图乐游仙，[1]
学至无忧胜高贤；
宽厚静观世间事，
斗室清闲任酒添。[2]
当年才俊志高远，
辍学养家任劳怨。[3]
逆境困苦终有时，
轻挥衣袖付笑谈。

[1] 岳父籍贯北平，为人厚道，机敏幽默，不得已时，苦中作乐，超然自嘲。岳父新中国成立后执教三十余载，兼授文史地理，限于当时现状，基于地理知识，乐于按图神游，可谓“自以为游，则游矣”。若用哲语言之，可谓“于有限中存乎无限”。

[2] 岳父在世时，常与晚辈饮酒闲谈。其书桌玻璃下，压放一首七律，题为《六十书怀》，其中两行曰：“莫道青春红似火，斗室清闲任酒添。”此处沿用其一。

[3] 岳父新中国成立前考入北平一家高中，好学才俊，志存高远，不料老祖病逝，家道中落，只好辍学养家。岳父年轻时曾任报社记者，采访过李宗仁等要人，后到旧政府机关任职，忍辱负重，聊以度日，新中国成立后为此仍受连累。世道如此，君奈何哉！然岳父处世达观，安享后福。

悼吕千飞教授[1]

1988年

从戎跨江赴朝鲜，
秀才立功板门店。
放言讽喻贬时弊，
政局生变反成患。
乡野劳役多磨难，
依旧风雅书百卷；
会通国史千古事，
灵芝诗社赋遗篇。

[1] 在下与吕千飞教授在北京第二外国语学院英语系和旅游系一起工作数年，后来在吕先生成立“灵芝诗社”并组织活动时相谈数次，获益良多。吕先生早年毕业京师学堂，后拜王佐良先生为师。朝鲜战争突发，吕先生响应国家号召，投笔从戎，赴朝作战，板门店谈判时任英文翻译。1957 年再次响应组织号召，批评不良党风，结果被打成“右派”，其后备受磨难。在农村建设水库时，曾任伙夫多年。因见农民治病困难，便自修中医，采集药材，治病救人。在北京第二外国语学院执教期间，任劳任怨，学至无尤。曾用英文撰写国史一卷，凝聚多年学力与灵思。吕先生擅长五言诗，虽晚年患病，体力不支，但仍竭尽余力，成立“灵芝诗社”，亲力亲为，培养青年才俊。其德行修为，令人感佩。

悼童庆炳先生[1]

2015年

挥别山疃出闽川，
被褐京都入师范。
思接先贤梦红楼，
心系雕龙论转换；
文艺虽非经国业，
审美方养气浩然。
而今驾鹤归西去，
乘云拨月游太玄。

[1] 童庆炳先生原籍福建，少时居于山区，后入京师（北京师范大学）深造。早年涉足《红楼梦》研究，随后专注于《文心雕龙》研究，为国内文艺学建构贡献良多。先生编讫自选文集之余，欣然登高山以观长城，溘然辞世。此时在下出差宁夏，惊闻噩耗，回想业师为学，顿生感念以记。

悼叶秀山先生[1]

2016年

京城雾霾覆玄黄，
滨河垂柳卸秋妆。
日暮惊闻叶公逝，
苍凉悲风吟诗殇。
书斋清雅品典藏，[2]
养思促学著华章。[3]
兼通中外释精微，
不朽盛事映三光。[4]

[1] 叶秀山先生于丙申年十月突然病逝于书房。笔者在京郊密云白河沿岸散步时得知此噩耗，深感悲恸；回想与叶先生生前多次交谈之往事，聆听其治学经验与忠告，感触良多。斯人谢世，景状如前，赋诗悼念，以寄哀思。

[2] “典藏”在此意指哲学经典。

[3] 叶先生在总结治学经验时，经常提倡“以学养思，以思促学”。实践证明，此乃至理名言，有助于人文学者厚积薄发、钩深致远。

[4] “不朽盛事”源自曹丕所著《典论论文》，其言曰：“盖文章，经国之大业，不朽之盛事。”此处所言“三光”，意指日月星之光，象征卓越与永恒。

六

THE SIXTH PART

散记

游道后言[1]

观光游览，人之所爱，古今中外皆然。

举凡出游之人，若谙悉游道，所到之处，感悟良多；若蔽于游道，面对山水，获益甚寡。故盛唐之时，虽尚游者众，却有“长安车马应无数，能解闲行有几人”之叹。

西哲圣奥古斯丁（St.Augustine）坦言：“众人出国远游，惊奇山峦之崇高，海涛之宏巨，江河之流长，汪洋之浩瀚，星河之灿烂，但却无暇思索，匆匆而过（Men go abroad to wonder at the height of mountains, at the huge waves of the sea, at the long course of rivers, at the vast compass of ocean, at the circular motion of the stars, and they

[1] 本文原为《旅游美学论要》一书的后记，题目新加。

pass by themselves without wondering.）。”嗟夫，懒于运思者，唯见其表，不知其里，虽莅临宇宙洪荒、自然美景，却无心入乎其内范山模水，亦无法出乎其外凝神观照，于是扫视几眼，感叹数声，来去匆匆，近于骑马观花之过客。

然“山川之美，古来共谈”，景观与游道并举。景观之美，多有分殊，或“杏花春雨江南”，或“骏马西风冀北”，或阴柔阳刚相济；游道之妙，各有千秋，或“仁者乐山”，或“智者乐水”，或行游畅神、逍遥自在。故此，每遇碧海蓝天、湖光山色、清风朗月、松韵泉声、林花春红乃至鸟兽鱼虫，皆能道通天地，思入风云，静观自得，欣然而乐，四时佳兴同在，万物与我为一。

上述境界，重在修为；洪氏所言，可窥一斑。其曰：“风恬浪静中见人生之真境，味淡声稀处识心体之本然。宠辱不惊，坐看庭前花开花落；去留无意，漫随天外云卷云舒。林间松韵，石上泉声，静里听来识天地自然鸣佩；草际烟光，水心云影，闲中观出见乾坤最妙文章。”[1]

[1] 洪英明：《菜根谭》。

此中奥妙，诸君自知，无须赘言。然其所示要诀，重在凝照践履，得于体悟灵视。譬如四时佳景，随时可赏，其何以与人偕同而乐哉？或曰：心境时空相契也。吾观日落景致虽多，而诗述所觉寥寥，偶记《雨后云湖观感》，略表怡然心迹而已：

仲夏重游云湖村，波斯菊开飞香魂。
峰亭远眺西天色，断霞横空染月轮。
落日余晖似有情，暮烟轻扬入画痕。
乡野闲人图一乐，放声长啸听谷音。

古代旅游闲话[1]

我等求学之初，正值十年动乱，古籍禁绝，小学荒废，知识残缺。后读经典文献，常为文字所累，虽勉强解其要义，但要寻根问底、考据词源流变，总是望而却步，只能求助于专家注释。故此，我个人深知古文字乃专门学问，是研习经典的工具，探讨国学的基础。

耀华君知难而上，研究古文字有年，成果颇丰，在海峡两岸相关学界，屡闻其名。丁亥年仲夏之末，其新作《古文字与旅游文化》撰讫，约我作序，实感惶恐难当，曾几番谢绝，无奈其盛情相邀，并特意吩咐仅从旅游文化角度切入便可。如此却之不能，也就欣然而为。

新作先睹为快，借机补习良多，此前些许疑惑，

[1] 本文是应常耀华教授所邀为其论著《古文字与旅游文化》所作之序，这里易名并稍有改动。

初读之后颇受启发，兹举二三为例。其一，古文字研究具有学理价值，有助于考证古代旅游概念的原初内涵与古代旅游文化的实际用意。众所周知，西人论及“旅游”（travel），旧有“辛劳艰苦”或“冒险历难”（travail）等意，今则凸显“观光游览”（sightseeing）或“休闲逸乐”（leisure）功能。古往今来，国人好游，自天子以至庶民，概莫能外。凡优游者，抑或巡视天下，体察民情，建立垂史之功；抑或游历四方，博识万物，成为饱学之士；抑或钟情山水，放浪形骸，因任自然之道……虽目的不一，但其要意多在增广见识或审美愉悦。今据耀华君考证，中国上古旅游文化最古老最直接最可靠的资料莫过于晚商的甲骨文，这一时段资料浩繁，仅盘庚之后数百年间的甲骨刻辞中，就有七千三百多片刻辞记载着商代贵族旅游的详细资料。先民对旅游之关注，兴趣之盎然，耗时之久长，经费投入比例之庞大，与今人相比，并不逊色。在殷墟甲骨文中，关涉旅游的刻辞大约为甲骨刻辞总数的九分之一，只是先民不把旅游叫“旅游”，古今指称旅游的语词不同，上古称“旅游”为“盘游”或“敖游”，上古称“审美”“娱乐”为“逸乐”或“逸豫”。另外，中国古代有“商旅”一词，常把往来各地经商的人称为“游商”。《管子·七臣七主》指出：“时有春秋，故谷有贵贱，而上不调淫，故游商得以什伯其本也。”这些商务活动有些消闲的成分，但大多恐怕是为稻粱谋。至于往来贩卖的中小商贩，古代还有“游贩”之称。

其二，先民的“巡游”与“田猎”活动，为古代旅游文化的重要内容，从这类研究中可窥知古代生活遗风的部分特征。譬如，基于对甲骨文“[illegible]”字的考释，得知“循”的常见意义为“巡”，即“巡察”。“循与巡”通的例子在古文献中可以俯拾。有关“王循出”“王循”“王勿循”“其循”“不其循”之类“循卜辞”，涉及商王巡游活动。这种巡游，远近兼顾：远则为了兵威抚循、定邦安民；近则为了推恩布泽、观民设教。另外，基于对甲骨文“[illegible]”字的考释以及对“省田”等辞的推导，得知“省卜辞”与商王“观猎”或“田猎”活动相关。对于此类“巡游”“观猎”或“田猎”等活动，若从其方式、规模以及管理体制等诸多方面来看，并非单纯旅游逸乐，而是综合性活动，包括旅游、军事与经济等目的。诚如本书作者所言：狩猎活动确有“训练士卒，习军讲武”“藉以炫耀武功，检阅车马徒众”乃至“补充给养”等作用，但不能据此否定其逸乐性质，史籍上不乏帝王借征伐敌国之名而行逸豫耽乐之实的记载。譬如，周穆王喜好游猎甚为出名，与其父昭王相比并不逊色。抛开“昭王南征而不复”这一众人熟悉的例子不论，仅在青铜铭文里也有不少关于昭王南巡时狩猎的记载。但要看到，商人狩猎目的，以其从事人群的阶层不同而有别。商王及其贵族们狩猎，旨在游玩、军训、获鲜（以饱口福及祭神），而普通劳动者狩猎，旨在补充肉食，纯具经济意义。

其三，从有关狩猎过程及其收获猎物的描述中，可以推知古时狩猎那种车辚辚、马啸啸，旌旗猎猎、弓箭飞鸣的壮观场面。根据作者分析甲骨文得出的结果，早在三千多年前，生活在华北平原中部的商族就已进入农业社会，然狩猎遗风犹存。虽然他们在动物驯化方面已经卓有成就，但出于各种目的，猎捕野生动物仍是肉食来源的重要组成部分。为了狩猎，他们投入大量人力物力。从其参加人员来看，上自商王，下至“众人”，有男性也有女性，有王室臣僚诸侯也有普通平民及奴隶，几乎包括了殷商社会各个阶层。从当时所获兽类看，一次狩猎捕得麋鹿700头、兕牛40多头，猛虎与大象等巨兽多头。狩猎者用火焚山，以炬驱兽，挖陷坑，收猎物，兴师动众，惊天动地，煞是热闹。要知道，这种田猎活动具有军事目的，在对付虎豹野猪等凶猛动物时，其危险性不亚于鏖战强敌，其过程如同一场战争，攻防搏杀，各种武器装备无所不用。另一方面，这种田猎活动也具有休闲消遣性质，王室与贵族的威仪更是非同一般，不仅可“闻车马之音”，而且可“见羽旄之美”。遥想当年那种热火朝天的情景，我们方可真正理解老子所言非虚：“驰骋畋猎，令人发狂。”[1]

其四，从古代渔猎工具与管理体制来看，古时人们很重视“顺时取物”的自然规律，可谓合理利用自然资源的历史先例。本书作者借助古文字学知识，在梳理古文献中得出如下结论：研究商代渔猎活动，主要借助安阳殷墟出土的甲骨文，契刻其上的渔猎活动，均为商王及其贵族们所为。在殷商时代，网罟是最常见的狩猎工具。汉字中从网之字不下四十，古书中关于网类的名目可谓至多至繁，如“罝罘罗罔緵罟罼”皆是。其中，“緵罟谓之九罭；九罭，鱼罔也”[2]。而“緵之言总也，《孟子》所谓数罟，言其网目细密，故毛以为小鱼之网”[3]。按有关卜辞所记，商人捕鱼多在九月至十二

[1]《道德经》十二章。

[2]《尔雅·释器》。

[3] 郝懿行《义疏》。

月进行，特别是十月至十二月为多，十分重视“顺时取物”之道。所谓 “獭祭鱼，然后鱼人入泽梁”[1]，是指十月举行獭祭后，才准入泽捕鱼，因为此时小鱼已长大，又无母鱼产子问题，故而开禁捕鱼，有利于鱼类资源保护。根据古书所载，獭祭一年要举行两次，十月和正月各一次。如《礼记·王制》所讲，十月獭祭是开禁捕鱼，正月獭祭是禁止捕鱼。不过，商代九月即夏历一月，商代十二月即夏历四月。因此，商代捕鱼的季节按夏历的算法多在冬末和春季，这在当时已成制度，鲁国太史里革阻止鲁宣公夏天捕鱼可以为证[2]。另外，孟子论及古代王道之始时曾言：“数罟不入洿池，鱼鳖不可胜食也；斧斤以时入山林，材木不可胜用也。”[3]从上述研究结果观之，这种论说实属古代渔猎制度的经验总结，而非孟子适时原创，只不过恰与其“仁民爱物”思想契合罢了，而非个人随机迁想妙得之说。

本书是通过古文字来考证古代旅游文化，属于硬实的学术研究。若以此类成果来深化和发展现代旅游文化的内涵或意味，堪称“阐旧邦以辅新命”之为作。但要

[1]《礼记·王制》。

[2]《国语·鲁语上》。

[3]《孟子·梁惠王上》。

达此目的，恐怕还需在实证研究的基础上，借助更为丰富的想象、精妙的灵思与畅达的文笔，以便生动地展示古文字的神奇魅力与古代旅游文化的原生形态，从而吸引更多读者以及业界人士，借此开发出富有创意的仿古旅游活动与景观，进一步增强现代旅游观光活动的时间立体性和历史舞台作用。这一奇思怪想，不知耀华君以为然否？

雪日的闲静与旧忆

有人说，一片飘落的雪花，在奥斯汀（Jane Austin）看来就是一个事件。今晨，这漫天轻扬的雪花，对那位感觉敏锐、情思细腻的英国作家又会意味着什么呢？不知道。但对于我，则意味着闲静。

难得一日闲。对朝夕营营的中年人来讲，回归从吾所好的悠然状态，实属一种奢侈的渴求、散淡的境界。碰巧，周末的这场飞雪，免去了我原定的世务酬对，给了我一次可遇不可求的清修良机。我独坐在研究所的阅览室里，随意翻阅着新购的书籍，如霍金的《时间简史》，陈从周的《天趣美文》，季羡林的《学问之道》，孙昌武的《禅思与诗情》，鲍曼的《生活在碎片之中》和《流动的现代性》，等等。整层楼里没有平时的喧杂与纷扰，静悄悄的，静得能使人听到飞雪吻窗的微音，这种独享天籁的感觉，可谓“爽”矣！累时，便起身在室内走走，就着手中的一杯清茶，临窗俯视“二外”校园的雪景，皑皑朦朦，可谓“美”矣！这期间，偶尔回忆起一些旧事，大多与降雪有关。其中有大小两场，令我此生难忘。

大的一场在1998年隆冬降于加国多伦多，据说百年罕遇。我当时在“多大”（University of Toronto）访学，平生尚未见过那样的情景。是夜，暴风雪肆虐，一串串飞卷的雪团，击打在玻璃窗上，伴随着怒号的狂风砰砰直响，几乎要破窗而入，使人心惊胆战，无法入眠，我不由得联想起当时盛行的“世界末日”预言。翌晨，雪积二三尺，交通中断，机场关闭，学校停课，上班取消，市府随即动员大批军队上街扫雪，结果将全年的相关费用一次花光。说来也怪，风雪过后的下午竟然阳光灿烂，略有一丝暖意。看着外面银白而诱人的世界，我兴奋不已，于是独自出门，踏着没膝的厚雪，跌跌撞撞地来到维多利亚女王公园散步。那里空寂无人，一只只觅食的黑松鼠在雪地上窜来窜去，跳跃的动作灵敏、优雅、从容，以期待的眼光看你是否带着坚果。当我们彼此接近时，从树枝上突然跌落的雪团，把这些小精灵吓得像一支支黑箭一样飞射而去……富有诗意的雪景，似乎触动了我的诗情，无奈寻思良久，尚无佳句，只好默默地静观凝照这大自然的无言之美了。在寂静的雪景里，我伫立了许久，离开时蓦然哼出两行旧句：“雪满山城鸦飞尽，独留孤鹤守残梅。”其实，多伦多并非“山城”，也无“残梅”，更谈不上有什么“孤鹤”了。我只不过是触景生情，借题发挥，在孤独的心境中品味眼前的景致，在傲寒的欣喜中体证自己的耿介，在比兴的畅想中确立人生的本然。

至于那小的一场降雪，不是在别的地方，而是在北京“二外”。那是20多年前一个初冬的周末，来自西伯利亚的寒流给干巴巴的京城奉上一件特殊的礼物——雪。我记得清晨起来，开窗看到外面的白雪，甚为惊喜。再看看四周被白雪覆盖了的校园，听听从操场那边传来一阵阵打雪仗的嬉笑声，赶忙喜不自胜地蹬上鞋子，跑到操场。我平日里总有绕场跑步的习惯。那天跑步，踩在雪地上的足音十分有趣，其节奏感和柔脆感给人一种特殊的体验，我突然开始担心太阳出来会毁掉这纯然清雅的景色。也许是出于某种流连的冲动或惋惜的情怀，我没有直接返回宿舍，而是独自来到位于校园东北角的果园。这里的一切都半掩在落雪中，静悄悄的，仅有几只哼着晨曲的麻雀飞来荡去。我小心翼翼地漫步其中，生怕惊动了它们，也生怕惊动了枝丫上的积雪。雪地上传来的足音虽然细微，但却令人十分受用，从脚底到头顶都感到一种富有弹性的舒畅，身心内外的世界都是那样雪亮、透亮、清亮。不知不觉中，我来到那几棵形态各异的松树底下。仰首望去，那松盖墨绿墨绿的，托着一层银白的积雪，以蓝天为背景，宛如几块静止不动的浮云。这里无所谓“大雪压青松”，而是相得益彰的松云雪景图。我不记得那里有几棵松树，大概有四五棵吧，为了所谓的雅致，我暗自将那片果园起名为“三松园”。这是个人多年的隐秘，是个人心中的风景，只能与知者言，不可同他人语。如今忍不住兜了出来，也就不算什么隐秘了，因为那片风景早已不复存在了。残留下来的三棵松树，日后在车库前坚硬的水泥地上挺拔了数年，于2002年扩建新楼时，都被移栽到三号教学楼后了。暑假期间，我发现它们一个个枯死了。其命已绝，其木将朽，消亡是迟早的事了。

闲静中的旧忆是多样的。有些带有模糊的诗情，给人以愉悦；有些带有斑斑苦涩，颇使人伤怀。也许，诚如我们生活在文明的碎片中一样，我们有时候也生活在记忆的碎片之中。难怪徐志摩当年竟有这样的吟唱：我亦不赞美这神奇的宇宙/我亦忘却了这人间的忧愁/像一只欢快的梅花雀/清朝上歌唱/黄昏时跳跃……

草就于2002年12月22日

索妮娅与《松之美》

丁亥年春节期间，通过电子邮件，我与数位海内外同仁互贺新春，其中包括养病在家并计划今夏再访京城的索妮娅。然而，五天后，我接到维尔金森博士（Dr.Robert Wilkinson）的来函，痛心地告知我索妮娅不幸突然去世了。伤感之余，我将这一噩耗转告建平等人，同时以个人和工作单位的名义，向逝者的家属表示沉痛哀悼。

索妮娅（Dr.Sonja Servomaa，1943—2007）在芬兰赫尔辛基大学任教多年，主要讲授东方美学与哲学。她早年毕业于法国巴黎大学，获得博士学位，随后在联合国教科文组织工作数年。她本人对中日诗学与美学情有独钟，尽管不谙中文，但悟性甚高，这与其诗人气质和文学才能不无关系。2005年，索妮娅在赫尔辛基大学举办的国际学术会议上，当选为国际普世对话学会副主席。她曾告诉我，她的工作重点在于竭力推动多元文化的对话与交流，积极向西方学界介绍东方美学与文化哲学思想，为跨文化美学研究提供新的视角与切入点，为东西方美学研究开拓新的思维与发展空间。她给人们的印象总是温文尔雅，待人以诚，任劳任怨，为了学术事业，从不计较个人得失，甚至拖着病体坚持完成自己承担的大会论文集编辑等一系列工作，因此在相关学术界人脉颇盛。

回想起来，我认识索妮娅已逾十载，这要追溯到1995年。当时，滕守尧先生约我去深圳一起筹备“美学对话：深圳国际美学与美育会议”。与会的外国学者中除了曼纽什、卜松山与布洛克等人之外，就是首次来华的索妮娅了。会上，她的发言涉及东方诗歌美学，采用了比较美学的视角，特别引起大家的关注。大会闭幕式上，她又即兴赋诗，朗声吟诵，祝贺大会取得圆满成功，这让与会的中外学者和主办这次会议的人员更是欣喜不已，因此对她的印象殊深。1996年，我应邀到德国特立尔大学开会，索妮娅也应邀参加，当时还有余英时、李慎之、刘述先、叶维廉、成中英等老一辈学者和数位德国汉学家。会议结束那天，索妮娅亦然有神来之笔，即兴赋诗一首，深得听众称道。随后，索妮娅曾两次应邀来北京第二外国语学院访学，被聘为客座教授。在华期间，她本人也曾应国内数所大学之邀去讲学，但比较说来她似乎对“二外”的学生甚为偏爱，其主要原因恐怕是那里没有任何语言障碍，学生也非常爱戴这位心地善良、风度优雅的客座教授。

我与索妮娅在最后一次会议上相见是2005年夏季，那是由赫尔辛基大学主办的国际普世对话学会第六届世界大会。此次大会的主题为“在人文的转折点上：重新思考自然、文化与自由”。按照大会筹备委员会提名和讨论的结果，德国学者阿培尔（Karl Otto Apel）、美国学者斯特尔巴（James P.Sterba） 和我被确定为三名大会主旨演讲人。前两位的发言分别论述国际法律和国际公正的建构途径等问题，我的发言基于中国的思想资源，从人与自然以及人与人的互动关系切入，重新评估天人合一说的现实意义。按顺序，阿培尔先生在第一天开幕式上首发，前后有钢琴伴奏，格调颇为优雅。我是第二天上午首位出场，前后讲演和问答历时70分钟，百余听众反应热烈。索妮娅会后兴奋地告诉我，与会学者对这次讲演评价甚高，不仅觉得新颖，而且认为深刻，与他们习以为常的西方思想不同，具有很高的参考价值与互补作用。这也令我感到欣慰，算是不辱使命吧！

几天前，赫尔辛基大学出版社寄来索妮娅的遗作，书名为《松之美》（*Beauty in the Pine*）。该书尽管是以日本园林为主要背景，抒写松树的创造性表现之美，但随即让我回想起陪同索妮娅游览香山“知松园”的情境。她一路很少赞叹其他风景名胜，唯独对这一片古松林大发感慨。我当时觉得，她不只是在欣赏松树的形态美，而且也是在品评松树的风骨美，未想这一猜测在她的遗作结尾处歌赞松之美的诗句中得到证实：

根深入土
枝繁经年
松之美值得祀奉
松之臂强健勃发
交错攀缘，
株株垂柳信赖神明之境
松之心
永恒不朽

尽识过去、现在与未来。[1]

如今，索妮娅悄然作别，静静地走了，但“知松园”里的古松亦然耸立在那里。

[1]Sonja Servomma, *Beauty in the Pine*（Helsinki: Helsinki University Press, 2007）, p.172.

走进“内心城市”[1]

如今，部分富裕起来的中国民众，有的喜欢游历大自然，有的偏好光顾大都市。就后者而言，无论是漫步在北京的天安门广场上，还是徜徉在巴黎香榭丽舍大道的凯旋门下，或是流连于雅典卫城的古代遗迹与四围建筑的融合交映中，他们都会欣然而乐，感慨良多，深切意识到自己位于风格各异的“城市中心”（heart of the city）。但随着空间的位移、岁月的流逝、记忆的模糊，那些“城市中心”在个人心目中残存的印迹，大多限于不同建筑的空间物象、个别有趣的珍奇见闻、当地餐馆的饮食体验，等等。之所以如此，主要是因为这类活动侧重外在的寻觅或观感、瞬间的审视或浏览、新奇

[1] 本文是应邀为林珍珍所译诗集《内心城市》（*City of the Heart by Prem Rawat*）所作的序言之一，这里稍有删节。

的刺激或反应，等等。

现在，我们假定自己囊中羞涩无法旅游，或者垂垂老矣不便外出，可又不满足于自己的现实居所与生活环境，那我们又当何以为之呢？我们不妨换一角度，譬如说，暂且离开这个由物混成的喧闹世界，暂且忘却那些宏丽华美的城市中心，转而去寻求一个属于自己的宁静世界，或者构想一座悠然自得的精神家园。这当然需要我们动用自己的想象与灵思，需要从外求转入内省，将物形化为心象，由工具理性走向诗性智慧，以期在特定喜悦和美感的伴随下，去欣快地畅游自己的“内心城市”（city of the heart）。

这里所说的“内心城市”，在美籍印度裔学者普仁·罗华（Prem Rawat）的笔下，显得那么朴实无华、宁静淡远，亲近包容、平和谐美。其有诗为证：

我们周围的世界，
有大街，也有小巷。
我们的内心世界，
也有大街、小巷。
宁静、喜悦和友爱，
都在这些街巷中

积极地寻找我们。

在这个内心世界，路况并不复杂。

街道笔直

马路没有弯道，

也没有十字路口。

……

在美妙的内心城市里，

睁开你内在的双眼，

朝四周看看吧。

看到美丽的大街小巷，

看到寂静正朝着你走来。

你应当纹丝不动地站在那里，

好让满足的感觉找到你。

不要动。

让那寂静轻轻地走来，

触摸你，搂住你。

让那发自内心的挚爱

拥抱你。

……

一切神奇中最神奇的事情

已然发生：

生命所赐

神奇所现。

我们生活的每一天，

都是可以走访内心城市的一天。[1]

阅读这幅“内心城市”的诗化图景，你会产生怎样的感想或意趣呢？说实在的，我个人会由此联想到人类所居住的世界。一般说来，这个世界生生不息、养育万物，但同时又灾难不断、殃及生灵。从古至今，人类都以自身的矛盾情结，来看待这个充满双重本性的世界，抑或对其怀有不尽的感恩之情，抑或对其发出不满的怨尤之声，这兴许就是人生与世界的内在张力或二律背反之境。在现代社会，人们除了应对原有的问题之外，还要面临物质化、商品化、技术化、功利化以及人际关系稀薄化等多重压力的困扰和奴役，自身甚至会因此而沦落为一群看似无家可归的浪子。如此这般的人生状况，更加凸显出自由自在的意义，和谐和美的重要，平淡平静的可贵。有鉴于此，人们则需要在大地上不停劳作的同时，也需要放下处世的机心，激发内在的灵思，启用

[1] 此诗原文见 Prem Rawat 的诗集 *City of the Heart*。所引译文见林珍珍所译《内心城市》末篇。个别用字稍有改动。

诗性的智慧，构想内心的城市，以便在那里“诗意地栖居”，借此找回真正的本我，建立精神的家园，提升生活的质量。当然，普仁的诗作所给人的启示，绝不会仅限于此。

应当承认，现代人忙忙碌碌，朝夕营营，谈及读诗，几近奢侈。不过，摆在你面前的这部诗集，将会调动你的情思意趣，在你翻阅几页后，也许会一气读完。你会从中发现，普仁的诗风朴实简明，但立意深远，其富有哲理的妙思与灵动的意象，总能引人产生无限的遐想与深层的追问。

……

流动学院与牛津旧忆[1]

中英暑期哲学学院从成立至今，瞬逾廿载，在促进中国哲学界的学习研究以及国内外同行的学术交流方面，成绩斐然，形成一道求真爱智的特殊风景。

这所学院最早是从清华大学第一届暑期哲学研讨班开始运作，随后流动到北京与全国各地的多所大学，几乎每年一届，研修主题与所读书目常新，吸引了国内众多从事哲学研究的学者和爱好哲学的学子，引导他们更多地了解到西方哲学研究的前沿问题、思维方法及其重要成果。

无论从合作办学的方式看，还是从传布知识的效果看，或者是从学术交流的性质看，我总觉得中英暑

[1] 此文是作者应邀参加中英暑期哲学学院成立 20 周年庆祝会时的发言，时间是 2008 年 7 月 4 日，地点为中国社会科学院会堂。这里有所改动和补充。

期哲学学院是一所名副其实的流动学院。这种流动的形态，很容易让人联想到水流的意象。而这“水”，可以是“智者乐水”之“水”，“上善若水”之“水”，或“见大水必观”之“水”……不管怎么讲，这种水流的意象，委实代表一种悦心悦意的、益智养神的生活追求。

我本人于1997年暑期参加了该学院在北京举办的哲学高级读书班（Philosophy colloquium），主要阅读理查德·乌尔汉姆（Richard Wollheim）的代表作《艺术及其对象》（*Art and Its Object*）。这届读书班原本计划邀请乌尔汉姆教授本人亲自来华导读，但由于其健康方面的原因而未能如约，于是请牛津大学圣安妮学院研究员丹娜姆博士（Dr.Allison Denham）等人代劳。通过细读与讨论原作，使我对该书思想的理解远远超过阅读中译本时的一般感受。按照要求，每位学员在读书班结束前要撰写一篇论文，提交牛津大学相关教师评阅。按时任该学院中方委员会主席邱仁宗教授的说法，所交论文要评出前三名，获此殊荣者可望得到奖学金在牛津大学研修三月。我所提交的论文为《对话中的开放性话题》（*An Open Topic in Dialogue: A Critique of the Art and Its Object*），主要内容包括悖论与二难抉择、分野与同一性、态度与历史性、相对性与互补性等四个部分。简要说来，第一部分分析了艺术品的物理属性或物理对象假设（physical-object hypothesis）所蕴含的问题，认为我们根据艺术的各种表现及创制形态，虽然可以在逻辑上否定有关艺术品的物理性假设，但在心理上却又需要为艺术品建立一种有形性假设，这不仅是出于审美观照实存对象的考虑，也是为了维护传统意义上的艺术品的尊严。第二部分探讨了“类型与标志”（types and tokens）这一对概念，指出了两者之间的传导性共享特质，承认其“万变不离其宗”的变异性内在张力，并且认为将艺术品分为类型和标志的做法虽然在分类学层面看是可行的，但从审美价值的判断角度来看则意义不大。第三部分论证了乌尔汉姆的艺术本质观，即：艺术的本质要同时依据艺术家和观众双方的立场观点才能得以理解。这一方面要考虑艺术家的创作意向、艺术风格与表现形式等因素的内涵，另一方面要考虑观众的审美态度、价值体验和判断能力等因素的意义及其影响。于是，一件艺术品的生成和评价便有赖于一种交叉模式，一种由艺术家与观众的创作态度和审美态度构成的交叉模式；相应地，艺术品的本质和价值也需要通过艺术家和观众双方得以确认、共享和解释。这就有助于排除那些试图忝列在艺术品之内，但却属于没有根基的、无聊的或耸人听闻的庸俗拙劣之作。另外，对艺术品的评判，总是在一定的历史时空背景下进行的，因此与社会文化心理以及审美趣味相关的历史性维度是不可缺失的。最后一部分结合乌尔汉姆所论的“再现式观看”（representational seeing）方法，剖析了两种视觉经验的相对分别。这两种视觉经验就是“看似何物”（seeing-as）与“从中看出”（Seeing-in）。前者源自人类和其他动物感知眼前事物的能力，即“直截了当的感知”（straightforward perception）方式。相形之下，后者源自一种特殊的感知能力，虽以“直截了当的感知”为前提，但却超越了这种感知阶段。因为，“从中看出”这种视觉经验，主要为人类所特有，绝大多数动物没有，能使人感知到不在眼前以及根本不存在的事物。另外，“看似何物”的观看方式对眼前的对象表现出一种视觉上的好奇心，而“从中看出”的观赏方式则不同，后者具有一种广义上的“修养型经验”（cultivated experience）特征，可以使人感知到特殊事物及其相关的事态与意味。

此篇拙文较长，这里无须赘述。但令我颇感意外的是，此文成为我获得前往牛津大学研修的契机。值得一提的是，中英暑期哲学学院英方委员会主席勃宁博士（Dr.Nicholas Bunnin）对我十分关照，并且拨冗提供相关表格，建议我申请英国学术院王宽诚研究员基金（British Academy K.C.Wong fellowship），后来我是1998年在加拿大多伦多大学研修时得知申请结果的。

我于1999年10月回国，随后于2000年到牛津大学访学，身份是圣安妮学院和中国学术研究所的访问研究员（visiting fellow）。在此期间，主要从事中国先秦与古希腊的诗学研究，其中有五件事让我记忆犹新：其一是高桌晚餐，其二是大学图书馆，其三是电视台讲演，其四是野草的妙用，其五是大学公园的散步与随想。

初到牛津大学不久，丹娜姆博士告知我准备参加圣安妮学院（St. Anne's College）周三为来访者举办的高桌晚餐（high table dinner）。我原以为这是一种自助餐式的招待会，未承想那是一种具有800年历史的传统仪式。应邀者先到学院教师休息室认识相关专业的研究人员，同时品用一些饮料；接着是到学院餐厅高台餐桌上就座，每人前面置一标有姓名的座签，以便与邻座相互交谈而不至于不知其名。餐前，院长带头起立，用拉丁语表示一番客套，随后有一位学生代表起身来到高台左下方的台阶上，用拉丁语应答一些客套话。其后，院长坐下，众人随之，开始一道道的配餐、主菜、酒水、甜点和水果等等，色味俱佳，十分讲究。人们都说英国餐饮不行，但在这里你会有不同的看法。难怪有位牛津学者后来对我坦言：他们英国人不太张扬或促销这类美味佳肴，而是大多留给自己享用。餐桌上主要是交谈，内容包罗万象，主要是个人目前研究的课题所产生的心得与遇到的问题，同时也涉及世界上各种政治要闻和社会问题等等。交谈深入，兴致就高，喝酒就多。反过来，酒喝得多，正说明兴致高，交谈深入。晚餐后，若有兴趣，还可以回到教师休息室品用咖啡，接着交谈以至深夜。这样的高桌晚餐，我还应麦柯米伦博士之邀到Pembroke College参加过一次。所用的餐具是16世纪的银器，所饮的甜葡萄酒有上百余年。用餐与饮酒分为楼下楼上两处，座位随之调整，为的是大家更为广泛地结识与交谈。第二天，你会从邀请者那里听到反馈，也就是与你一起用餐的那些学院同事对你的言谈举止和学问情趣的评价。可见，这种用餐的确是一种西方意义上的社交（social function），而不是一般意义上的饕餮。在牛津大学各个学院从事教学和研究的学者，都喜欢这种特殊的生活和学术氛围。据说，你若在教学过程中或学术研究上遇到什么难题，只要在一次晚餐或午餐会上提出来，总有人会给你提供所需的答案或解决途径。那里的确聚集了一大批真正的读书人和学者，深入交谈起来不仅博学、睿智，而且幽默、有趣。

在牛津期间，令我深为感慨的是大学图书馆（Bodleian Library）的丰富藏书量。你几乎可以找到你所想到的所有人文学科图书。据说，西方各大出版社，都会将各自出版的学术新作免费赠给该馆收藏和使用。我在多伦多大学图书馆（号称北美十大图书馆之一）没有找到的图书资料，譬如D.B.Monro所著的《古希腊音乐的调式》（*The Modes of Ancient Greek Music*）一书与R.G.Collingwood所著的《柏拉图的艺术哲学》（*Plato's Philosophy of Art*）一文[1]，待我到了Bodleian Library之后，工作人员在10分钟内就将两者送到我面前，心里着实赞叹不已。那里的书，按规定不外借，只能就地阅读，即便你要复印，也不能超过全书页数的5%。我在那里每天花上5—6小时读书，沉醉其中乐以忘食，往往是在返回住所的路上，才感到饥肠辘辘的深切滋味，故此经常是饥不择食。

[1] 前者出版于1894年；后者发表于1925年《心灵》杂志，第34期。

我到牛津郡电视台讲中国道家论“无”，也是一次难忘的经历。这实际上是勃宁博士安排的。他作为牛津大学中国学术研究所中国哲学项目主任，总期望借助当地电视台推出的“哲学特别节目”（Philosophy Feature），为当地观众介绍一些中国的传统思想。我记得刚到牛津时，就碰到在电视台参与此节目制作的一位老教授。经勃宁博士引见后，我们在一家酒馆聊了起来。他告知我们5分钟的节目，听起来短暂而容易，实际制作起来颇费周折。后来轮到我时，才真正体会到这一点。我与电视台一位专访人员（牛津大学哲学专业毕业生）前后一起商谈了三次，最后花费了两天时间拍摄。室内室外，选景念词，甚是忙碌。在商谈如何用画面来喻示“有生于无”这一道家思想时，的确颇费心思。好在牛津大学公园里的河流两旁景色秀丽，野鸟繁多。最后决定就地取材，用下列一组画面来表示：先是拍摄一只在河里悠游的白天鹅，然后将镜头转向一片漂浮在水上的白色羽毛，继而切换镜头，呈现空荡荡的水流，最后引出两只由远及近的小天鹅。在图示“有之以为利，无之以为用”这一思想时，倒是容易多了，室内拍摄的房间与茶杯都是信手拈来的例证。电视台播出此节目时，我没有看到。细心的勃宁博士觉得效果不错，将其录制了下来，在他家里给我回放过一遍。我总觉得制作这种超短节目，要比我在牛津中国学术研究所用90分钟讲解王国维的美学思想更费工夫。不过，这些不期而遇的事情，也让我有机会参加其他一些活动，譬如应邀承担《幸福的再发现》（*The Rediscovery of Happiness*）一书的部分撰写工作。该书的撰稿人大多来自牛津大学，其中包括安东尼爵士（Sir Anthony Kenny）等人。

至于野草的妙用， 那可以说是我在牛津的一次奇遇。记得是在8月的一天，蓝天白云，红花绿树，我陪同来牛津探亲度假并附带搜集资料的夫人李中泽教授，沿着位于克里斯特学院草地（Christ Church Meadow）旁边的泰晤士河顺流而下一起散步。就在不经意间，一种带刺的绿草拉伤了夫人的胳膊，引起发痒，略显红肿。我担心该草有毒，随口用英文说了出来，显得有些焦虑。这时，一位带着两个小孩散步的先生正好从我们身旁路过，听到我的话音后，便停住了脚步，用平和的语调说道：这种野草名叫“荨麻”（nettle），拉伤人后会发痒或红肿，但没有毒。如果感到刺痒难受，可以摘下一片“阔叶草”（dock-leaf），用手揉一揉，将汁液涂抹在拉伤处，不适很快就会缓解。说着，他就弯腰在草丛中摘取了一片阔叶草，交给我不妨一试。这让我们不仅安心，而且感激。随后，他告诉我们这种荨麻草当地原本没有，是罗马人带到英国的。他们在军营附近播种大量荨麻，一是具有一定的防御作用，二是食品短缺时可以充饥。我看不出这位先生的具体职业背景，但他的博学使我们受益匪浅。今年5月我应邀到西班牙马德里Complutense University参加“欧洲文化差异论坛”，在同牛津大学的社会人类学家奥克利（Judith Okely）教授等人在山丘草地上散步时，无意中又谈起此事。奥克利告诉我荨麻草的确可食，当年她在牛津求学时，因为经济拮据，时常采摘荨麻草做汤。对于这种草的来历，她不甚了了，只知道在生长荨麻的地方，一定能够找到伴生的阔叶草。看来，植物之间也存在“相生相克”的问题。

说到底，我在牛津期间，最喜欢和最常去的地方就是大学公园（University Parks）这块风水宝地了。我的住所位于公园旁边，无论是去大学图书馆，还是去圣安妮学院或中国学术研究所的办公室，都需要穿过绿色如茵、厚如地毯的大学公园。每天回来时，也是如此。早晚饭后，也总是习惯性地到公园里走上几圈。久而久之，大学公园成为我那段生活中不可或缺的部分。尤其是在我刚到牛津的时候，由于在国内打篮球时导致跟腱受伤，做过手术后一只脚跟踩不到地面，走起路来高低起伏，有时还引来路人好奇的目光。也就是在大学公园里，在修剪后的板球草场上，我脱掉鞋袜，通过几周的走跑锻炼，最终使自己的行走恢复了正常。故此，我对这家公园感情甚深。举凡风和日丽之时，我也到公园里读书，在长凳上观日落，在河水边看天鹅，在大树下听鸟鸣。记得有一天下午，我在公园里阅读柏拉图的对话集时，竟然因为雨后出现的一道彩虹而神不守舍，结果忘却了所读过的章节和所迁想的妙得。那委实是一个收效甚微的下午，但也是一个令人难忘的下午，所读所想似乎都消失在那道绚丽的彩虹里。有拙诗为证：

在我记忆的网络里，
布满了天上无数的幻景：
火烧云，佛光金顶，天马行空……
可从未见过雨后斜阳下
这道凌空低垂的彩虹——
左一棵梧桐，
右一棵雪松，
两大树冠上托着一张弯弓；

五色斑斓，
雄浑而又轻灵，
像古罗马教堂的彩绘穹顶，
像紫禁城御道的大红门洞，
流泻在池塘中的倒影，
把四周芳草上的雨珠染出笑容。
我真想穿过脚下的绿茵，
去亲吻水中那醉人的霓虹，
可又担心自己的脚步太重太重，
会摇碎一串串挂在雨珠上的甜梦。
我只好伫立在原地，
凝照空中的云色幻化翻动。
此时，
胸中虽也涌起一缕缕诗情，
但无暇觅句，
只是呆望着那道彩虹，
直到她消失得无影无踪。

如今，这些旧忆虽属微不足道的琐事，但却成为我个人生活与经历中的组成部分。任何时候回想起来，总是别有一番滋味，使我不仅对牛津大学所为的方式有一定程度的体认，而且对一般大学何为的问题也有了比较深切的省觉。而这一切，都与流动中的中英暑期哲学学院有着不解之缘。